Christiane von Goethe

Briefe von Goethe's Frau an Nicolaus Meyer

Christiane von Goethe

Briefe von Goethe's Frau an Nicolaus Meyer

ISBN/EAN: 9783743320703

Hergestellt in Europa, USA, Kanada, Australien, Japan

Cover: Foto ©Raphael Reischuk / pixelio.de

Manufactured and distributed by brebook publishing software
(www.brebook.com)

Christiane von Goethe

Briefe von Goethe's Frau an Nicolaus Meyer

Briefe von Goethes Frau

an

Nicolaus Meyer.

Mit Einleitung, Facsimiles, einer Lebensskizze
Nicolaus Meyers und Porträts.

Straßburg.
Verlag von Karl J. Trübner.
1887.

Inhalt.

Porträts:

1. Oben links: **Goethe** nach einem Gemälde von Raabe. Dasselbe ist als Vermächtniß Ifflands an seinen Freund, den württembergischen Oberförster Wilhelm Stierlen gekommen und befindet sich jetzt im Besitz von dessen Urenkel Prof. Dr. H. Vaihinger in Halle a. S., welcher die erstmalige Veröffentlichung des Bildes an dieser Stelle freundlichst gestattete. Fr. Zarncke schreibt darüber: „Bisher nahm man an, daß das nach Cöln gesandte Bild das eigentliche Original und damals erst entstanden sei. Da Ihr Bild aber Iffland gehört hat und dieser bereits im September 1814 starb, so fällt es früher, und man darf wohl annehmen, daß er es 1812, wo er im December in Weimar gastirte, von Goethe zum Geschenk erhalten hat. So ist also auch diese Darstellung 1812 entstanden."

2. Oben rechts: **Christiane von Goethe**, nach einer von Prof. Dr. Zarncke freundlichst zur Verfügung gestellten Photographie des Raabe'schen Bildes im Goethehause zu Weimar aus dem Jahre 1810.

3. Mitte: **August von Goethe**, nach dem Marmorrelief von Thorwaldsen auf dem Grabstein zu Rom.

4. Unten links: **Nicolaus Meyer** in seinem zweiundzwanzigsten Jahre.

5. Unten rechts: Derselbe im fünfundsechzigsten Jahre.

Text:

Einleitung.

Im Jahr 1856 erschienen in Leipzig bei H. Hartung die „Freundschaftlichen Briefe Goethes und seiner Frau an Nicolaus Meyer". Der größte Theil der Originale ist nunmehr Eigenthum der Straßburger Universitäts- und Landesbibliothek, darunter auch vierzehn Briefe der Christiane Vulpius, von denen jedoch nur die zwölf ersten von ihrer Hand, die zwei letzten aber von Riemer geschrieben und von ihr unterzeichnet sind. Ihre weiteren in der Ausgabe veröffentlichten Briefe sind nicht in den Besitz der Straßburger Bibliothek gelangt und konnte deren Verbleib nicht ermittelt werden. Ohne der erwähnten Ausgabe ihre großen Verdienste absprechen zu wollen, sind doch gerade die vorliegenden Briefe in zu freier Bearbeitung erschienen, um unsern jetzigen Ansprüchen an Genauigkeit auch nur annähernd zu genügen, und erscheint daher eine neue Ausgabe derselben durchaus motivirt. [1]

Eine Persönlichkeit von so hervorragendem Einfluß, wie Christiane Vulpius für die Existenz und Lebensstimmung eines der bedeutendsten Menschen die je gelebt haben es war, ist immer noch mehr als billig eine mythische Figur, es dürfte daher von unserer historisch denkenden Zeit begrüßt werden, wenn in ihren Briefen zur Vollendung ihres Bildes ein echtes Stück echt und wahr gegeben wird. Für Diejenigen, denen, wie es Goethe von sich selbst sagt „die Menschen durch die Hand-

[1] „Das Original weicht bedeutend vom Druck ab. Überall hat sich der Herausgeber Änderungen erlaubt, die öfters gewiß auf Flüchtigkeit beruhen, der großen Mehrzahl nach aber absichtliche sind...... Manchmal hat Hirzel (soll heißen Hartung) sich gründlich verlesen" rc. Goethe — Jahrbuch, siebenter Band 1886.

schrift auf eine magische Weise vergegenwärtigt werden" ist die vorliegende Ausgabe vielleicht noch mehr.

Orthographie und Satzbau mögen Einzelnen auffallen. Diese erinnern wir daran, daß zu damaliger Zeit die Rechtschreibung selbst bei den Gebildetsten keineswegs feststehend war. Vielfach wurde noch dem Princip gehuldigt, auf dem die alt- und mittelhochdeutsche Schrift beruht: schreib wie du sprichst. Ein Kunstproduct wie das Neuhochdeutsche bedurfte alter Traditionen, ehe es nur annähernd festgestellt und gar in Fleisch und Blut der Massen übergegangen war. — Zur Zeit von der wir reden, konnte Jeder noch seine besondere Orthographie haben. Die Gebrüder Grimm hatten die ihrige, Klopstock die seinige, Wackernagel auch, und alle unterschieden sich scharf von einander. Wiederum Andere gaben sich mit diesem Problem überhaupt nicht ab und es wurde ihnen auch nicht verübelt. Goethe z. B. schreibt an Gräfin O'Donell:

„Nach dieser Klage muß ich mit der Entschuldigung einer andern wunderlichen Idiosyncrasie hervortreten, die Sie schon vor Augen haben, daß ich mich nämlich zu dem Gegenwärtigen einer fremden Hand bediene. Alle meine Freunde haben mich verwöhnt, so daß aus einem Mangel eine Gewohnheit und aus einer Gewohnheit eine Untugend geworden. Ich bin niemals zerstreuter als wenn ich mit eigener Hand schreibe: denn weil die Feder nicht so geschwind läuft als ich denke, so schreibe ich oft den Schlußbuchstaben des folgenden Worts ehe das erste noch zu Ende ist, und mitten in einem Comma fange ich den folgenden Perioden an; Ein Wort schreibe ich mit dreyerley Orthographie und was die Unarten alle seyn mögen, deren ich mich recht wohl bewußt bin und gegen die ich auch nur im äußersten Nothfall zu kämpfen mich unterwinde, nicht zu gedenken, daß äußere Störung mich gleich verwirren und meine Hand wohl dreymal in Einem Brief abwechseln kann. So ist mir's mit Vorstehendem gegangen, das ich zweymal zu schreiben anfing, absetzte und schlecht fortsetzte; jezt entschließe ich mich, zu dictiren . . . . ."

Und Herzog Karl August von Weimar an dieselbe:

„Goethe ist auch stumm, dicktirt aber an zwey Schreibern die er sich hier von der Polizey geliehen hat seine Lebens- u. Liebesgeschichte, u. ist eben jezt an der Epoke Wo Er Ew. Excellenz — sah! er frägt mich dabey öfters um rath ob er auch nicht zu viel dem papiere anvertraue? da predige ich ihn denn stets Vorsicht, mäßigung und etwas verschwiegenheit . . . . ."

Goethes Mutter, diese wahrhaft geniale Frau nimmt es in diesem Punkte so leicht, daß sie nicht nur Hauptworte klein und andere nur halb setzt; sie schreibt auch „Docter, lezen für letzten, Catesichmus, Awentheuer, Gedächnüß, allgerorie, Eingnahl" u. s. w.[1]

[1] Aus den von Prof. Erich Schmidt herausgeg. „Schriften der Goethe-Gesellschaft": „Briefe von Goethes Mutter an die Herzogin Anna Amalia. Herausgeg. v. C. A. H. Burkhardt." Weimar 1885.

Von der Herzogin Amalia, deren außerordentlichen Eigenschaften nicht wenig von der damaligen Blüthe Weimars zu danken ist, liegt ein Brief vor, in welchem die Schrift kaum geübter erscheint, als diejenige von Goethes Frau und wenn Satzbau und Orthographie auch wesentlich besser sind, so sind sie doch keineswegs frei von Fehlern.

Bemerkenswerth in diesem Punkte sind auch die Briefe Blüchers [1] aus denen ein kleiner Beitrag zur Frage hier angeführt sei.

> „Bacherach den 1. Januar 1814. HErtzens libe Frau. Der frühe neujahrsmorgen wahr vor mich erfreulig da ich den Stoltzen Rein Passirte. die uffer ertöhnten vor Freudengeschrey und meine braven Truppen Empfingen mich mit Jubel, der widerstandt des Feindes wahr nicht bedeuttendt, ich schlisse nun die Festung Mainz völlig ein, führ meine Person gehe ich mit der Armee gleich vorwärts, meine gantze Umgebung ist gesund und Empfiehlt sich, Frantz wird nun auch wider zu meine armeh kommen, der lehrm von meine braven Cameratten ist so groß daß ich mich verbergen muß damit alles zur Ruhe kommt; die jenseittigen Deutschen bewohner Empfangen uns mit Freudenträhnen Girodz ist gesund. aber aber um gottes willen ich krige keine briffe von dich, schicke die briffe doch nuhr an Gaudi lebe wohl ich küsse dich tausend mahl in gedanken und bin lebenslang dein — Blücher."

Aus London 1814:

> „.....:.Dein Bruder hat mich versprochen, dich alles zu schreiben waß mit mich vorgeht, ich kann dich aber versichern daß es gleichsam unbeschreiblig ist, den wo ich nicht beständig von wachen und begleiter umgeben, so werde ich zerrissen, wen ich fahre spant man mich die Pferde auß und ziht mich, ich werde unmenschlich fatigirt von 3 mahler werde ich zugleich gemahlen ...." u. s. w.

Diese wenigen Beispiele vorzüglichster Menschen mögen hinreichend beweisen, daß die Schreibart der Christiane Vulpius keineswegs ein Zeugniß unerhörter Unbildung sei, sondern vielmehr ein ausgeprägtes Zeichen einer Zeit, die, so fern sie ihrer Art nach der unsrigen auch liegt, bei der Beurtheilung damaliger Personen und Verhältnisse durchaus berücksichtigt werden muß. „Es ist eine eigene schwierige Sache, wenn man ein Zeitalter, seine Ansichten, seine Gefühle und Gesinnungen rechtfertigen oder auch nur entschuldigen soll gegen die eines frühern oder nachfolgenden. Jede Zeit hat ihr eigenes Recht und sollte daher von den urtheilsfähigen Ihrigen gerichtet werden, die sie verstehen, nicht aber von der folgenden die nichts von ihr weiß, ihr fremd ist und sich nicht in ihren Standpunkt versetzen kann noch mag.... Weiß doch keine von beiden selbst niemals, wie sie gerade zu dieser Gesinnung und solchen Gefühlen gekommen ist...... Äußeres und Inneres haben zusammengewirkt und dieses Resultat zu Wege gebracht, woran sich der gegenwärtige

---

[1] „Blücher in Briefen" herausgeg. v. E. v. Colomb, Stuttgart, Cotta 1885.

Augenblick gefällt, der nächstkünftige aber es schon schmäht und verdammt, während er selbst einem gleichen Schicksale entgegenzusehen hat.

So ist es in Religion, Sitte, Kunst, Wissenschaft, häuslichem und öffentlichem Leben.

Keine Zeit begreift die frühere noch will sie als eine andere verschiedenere sie gelten lassen; und doch besteht in dieser verschiedenen Möglichkeit des Verschiedenen alles Leben und Daseyn, die Welt selbst. Diese allgemeine Betrachtung möge (auch für uns) zur Einleitung dienen, wenn ein Verhältniß berührt werden muß, das schon zu Goethes Lebzeiten ungleich beurtheilt, nach seinem Tode noch einseitigerer Kritik unterworfen worden." (Fr. W. Riemer.)

Es war im Frühjahr 1788. Goethe war eben aus Italien zurückgekehrt. Unter einem Volk, das angehaucht vom Geist der Renaissance der freien Entwicklung seines Geistes- und Gemüthslebens auf Schritt und Tritt die Wege ebnete; in dem wundervollen Lande wo einerseits vom großen alten Heidenthum und andererseits von ungebrochener Menschlichkeit ein kräftiger Zug durch Kunst und Leben geht, entwickelte sich in ihm mächtig der bis dahin unklare Hang zu einem freien, naturgemäßen Dasein. — Der spinozistische Monismus war seinem Geiste lange schon die congeniale Lösung der großen Frage: jetzt wurde er in ihm zur Grundempfindung und praktisch anwendbaren Wahrheit. — Die Gottheit als einzige Substanz ändert nichts an ihrer Wesenheit. Geist und Materie sind nicht gegensätzlich, sie sind nur zweie von den unendlichen Attributen der Gottheit. Die Welt der Erscheinungen ist nicht von Gott erschaffen, sondern Gott selbst, seine Wirkung. Die Erscheinungen der sich entfaltenden Natur sind daher unbedingt berechtigt und als beherrschende Kausalgesetze auch für die Erscheinungen des Geistes bestimmend. Die Ansichten von Gut und Böse sind Willkür, Vorstellung: „Nichts ist gut noch böse denn der Gedanke macht es dazu".

In dieser Phase erschien ihm der Zwang der Gesellschaft und des Berufs, dem er nun an zwei Jahre entrückt gewesen war, unerträglich: „Er kehrte mit dem Entschluß heim, sich diese Fesseln fortan ferner zu halten. Er fühlte sich gegen das Urtheil der Welt, das er früher schon nicht hoch anschlug, gehärteter als je; es sollte ihm sein Leben nicht mehr verkümmern. Von einer besondern Verstimmung war er gegen die feinern und vornehmern Kreise durchdrungen..... Das frische Leben der unteren und mittlern Stände, in welches er in Italien tief hineinblickte, hatte ihm den Geschmack an dem glänzend überfirnißten oft so hohlen Treiben der obern Klassen gründlich verleidet." (H. Viehoff.)

So war Goethe heimgekehrt, ein Anderer für die Kreise in denen er bisher gelebt hatte, diese Kreise ein Anderes für ihn. — Die gegenseitige Empfindung davon konnte nicht ausbleiben. Vor Allem war es die alternde Frau von Stein, die es fühlte und deren Vorwürfe ihn aufs Äußerste ermüdeten.

„Aus Italien dem formreichen, war ich in das gestaltlose Deutschland zurückgewiesen, heitern Himmel mit einem düstern zu vertauschen. Die Freunde, statt mich zu trösten, und an sich zu ziehen, brachten mich zur Verzweiflung. Mein Entzücken über entfernteste kaum bekannte Gegenstände, mein Leiden, mein Klagen über das Verlorene schien sie zu beleidigen; ich vermißte jede Theilnahme, Niemand verstand meine Sprache. In diesen peinlichen Zustand wußte ich mich nicht zu finden...."

— — Da fügte sich das Zusammentreffen mit seiner nachherigen Frau, auf das er die Verse macht:

„Ich ging im Felde
So für mich hin
Und nichts zu suchen
Das war mein Sinn.

Da stand ein Blümchen
Sogleich so nah
Daß ich im Leben
Nichts lieber sah."

Es war eine herrliche Mädchengestalt, die sich vor seinen Augen vom sonnigen Grün abhob. — In der Regel wird Christiane als hübsches, kleines, zierlich gebautes Mädchen mit blonden Locken, schönen blauen Augen, und vollen Lippen und Wangen geschildert, nach einer zuverlässigen, mündlichen Überlieferung war sie aber „ein bildschönes Weib". — Einmal schon war sie Goethe in Bertuchs Blumenfabrik aufgefallen, wo sie die galante Anrede eines vornehmen Herrn mit gesunder Derbheit zurückgewiesen hatte. Jetzt trat sie mit einer Bittschrift ihres Bruders (nach Riemer ihres Vaters) im Park vor ihn hin. —

Christiane Vulpius, geboren am 6. Juni 1764, war die Tochter des weimarischen Amtsarchivars Vulpius, verlor als Kind schon die Mutter und trennte sich frühzeitig von ihrem leichtsinnigen Vater. Mit Blumenmachen und sonstigen Handarbeiten verdiente sie sich ihren Unterhalt. Ihr Ruf ist, mit Ausnahme von Frau von Stein, die in diesem Falle unser Mißtrauen verdient, von keiner Seite angetastet worden.

Was die Eigenschaften ihres Gemüths und Verstandes betrifft, so liegen zu einem vollständigen Bilde ausreichende Zeugnisse von Zeitgenossen vor. Unser Bestreben nach Kürze gestattet uns leider nur eine kleine Auswahl aus denselben. — Die erste Berücksichtigung schenken wir den Aussprüchen Goethes über Christiane aus seinen verschiedenen Lebensaltern. Diesen zunächst beachten wir die Aufzeichnungen Riemers, des mehr als zwanzigjährigen Hausgenossen Goethes. Und endlich führen wir an, wie Goethes Mutter verschiedentlich des Mädchens erwähnt. Ferner mögen einige Urtheile von Entfernteren als Beispiel stehen, daß Christiane auch außerhalb ihres Familien- und Wirkungskreises ihre Anerkennung gefunden hat, wo nicht die Leidenschaft von vornherein einen andern Standpunkt gab. — Vom Gezeter der Neider und Feinde allzuviel hier anzuführen, erscheint vom Überfluß, da angesichts der gewichtigen Zeugnisse ihrer Nächsten auch die wohlgemeintesten Pamphlete einer voreingenommenen und ihr persönlich ganz fernstehenden Gesellschaft unser Urtheil nicht verschieben können, daß wir es hier mit einem Wesen von außerordentlicher Anmuth, Herzensgüte, Bescheidenheit und unzerstörbarem Frohsinn zu thun haben, wie es alles sich nur in einem trefflichen Gemüth so schön erhalten konnte.

Über ihre Begabung ist vielfach gestritten worden und Grund dazu gab ihre mangelhafte formelle Ausbildung. Das von aller Raffinirtheit freie Naturkind, welches trotz seiner Stellung an der Seite eines solchen Mannes fest in seiner Art beruhen blieb, mag unzweifelhaft einen starken Gegensatz zur glatten weimarer Gesellschaft gebildet haben. Dieser Gegensatz scheint übrigens Goethe mehr erfrischt als gestört zu haben, wenn man anders seinem Epigramm glauben darf:

„Hast du nicht gute Gesellschaft gesehn? Es zeigt uns dein Büchlein
Fast nur Gaukler und Volk, ja was noch niedriger ist.
Gute Gesellschaft hab' ich gesehn, man nennt sie die gute,
Wenn sie zum kleinsten Gedicht keine Gelegenheit giebt."

Auch ist nirgends die Rede von sogenannten Bildungsversuchen, die Goethe mit Christiane hätte vornehmen lassen. Dagegen spricht für ihre geistigen Anlagen, daß sie an seinen botanischen und chromatischen Studien theilnahm, daß er ihr das feinsinnige Gedicht „Metamorphose der Pflanzen" bestimmte, von dessen Aufnahme er berichtet:

„Höchst willkommen war dieses Gedicht der eigentlich Geliebten, welche das Recht hatte, die lieblichen Bilder auf sich zu beziehen; und auch ich fühlte mich glücklich, als das lebendige Gleichniß unsere schöne Neigung steigerte und vollendete."

Von dem belebenden Einfluß dieser Liebe gar nicht zu sprechen, dem wir vom Schönsten danken, was in deutscher Sprache gedichtet worden ist. — Nicolaus Meyer schilderte Christiane im Gespräch den Seinigen als ein Wesen „von vielem natürlichem Verstande". Alles das, wie auch das völlige Beherrschen der schwierigen wirthschaftlichen Verhältnisse eines Hauses wo Fürsten des Geistes und der Geburt aus- und eingingen; die Sicherheit mit der sie durch dreiundzwanzig Jahre hindurch — auch als ihr Äußeres längst verblüht war — Allem was sich dem Verhältniß widersetzte das Gegengewicht hielt; das richtige Verständniß endlich für das häusliche Behagen einer so breiten, complicirten Existenz wie derjenigen Goethes beweisen zur Genüge, daß zu den schönen Eigenschaften des Herzens sich auch eine gute natürliche Begabung des Geistes gesellte.

Im Jahre 1793 schreibt Goethe an Jakobi:

„Ich bin wohl und glücklich, meine Kleine ist im Hauswesen gar sorgfältig und thätig, mein Knabe ist munter und wächst....."

1795 rühmt er, sein Hauswesen drehe sich still um seine Achse und lasse nichts zu wünschen übrig. Zehn Jahre nach seiner Verbindung klagt er in einem Briefe an Christiane, nichts von ihr, wäre es auch nur ein Pantoffel, mitgenommen zu haben. Im Februar 1801 schreibt er nach einer Krankheit seiner Mutter:

„Wie gut, sorgfältig und liebevoll sich meine liebe Kleine bei dieser Gelegenheit erwiesen, werden Sie sich denken, ich kann ihre unermüdete Thätigkeit nicht genug rühmen. August hat sich ebenfalls sehr brav gehalten und beyde machen mir bey meinem Wiedereintritt in das Leben viel Freude."

Höchst unangenehm berührt dagegen gehalten was Frau von Stein fast unter gleichem Datum an ihren Sohn schreibt:

„Mit Goethe geht es besser...... nur ist er sehr traurig und soll drei Stunden geweint haben, besonders weint er, wenn er den August sieht, der hat indessen seine Zuflucht zu mir genommen, er ist schon gewohnt, sein Elend zu vertrinken." u. s. w.

1802 macht Goethe gegen seine bisherige Gewohnheit seine Neujahrsschlittenfahrt an Christianens Seite, was namentlich Frau von Stein erbittert. Eine Reihe von Äußerungen liegen noch vor, in denen er den Werth und die Sorgsamkeit Christianens dankbar anerkennt.

Goethes Mutter begegnet dem Mädchen mit herzlicher Freundlichkeit. Schon ehe sie sie kennt, ist sie ihr zugethan. 1793 schreibt die streng fromme Frau:

„Ich habe ein gutes Brieflein an Dein Liebchen geschrieben, das ihr vermuthlich Freude machen wird."

Im gleichen Jahr:

„.....Auch gratuliere zum künftigen neuen Weltbürger — nur ärgert mich daß ich mein Enkelein nicht darf ins Anzeigeblättchen setzen lassen — und ein öffentlich Freudenfest anstellen — Doch da unter diesem Mond nichts vollkommenes anzutreffen ist, so tröste ich mich damit daß mein Häschelhans vergnügt und glücklicher als in einer fatalen Ehe ist —."

1797:

Das erste ist daß ich Dir danke, daß Du diesen Sommer etliche Wochen mir geschenkt hast. — Ferner daß Du mich Deine Lieben hast kennen lernen, worüber ich auch sehr vergnügt war, Gott erhalte Euch alle eben so wie bisher und ihm soll davor Lob und Dank gebracht werden. Amen."

1804:

„Liebe Tochter! Tausend Dank vor Ihren lieben Brief. Sie haben sehr schön und klug gehandelt, mir von der (Gott Lob und Dank) wiederkehrenden Gesundheit meines Sohnes mich zu benachrichtigen ....."

u. s. w. So nahm die Frau das Mädchen auf, von der man sich nicht wunderte „daß sie Goethe geboren hatte".

Nach dem Tode seiner Mutter (13. Sept. 1808) giebt Goethe einen neuen Beweis seines Vertrauens in die Fähigkeiten und den Tact seiner Christiane, indem er sie nach Frankfurt schickt um die Erbschaftssache möglichst „glatt und nobel" abzuthun. J. G. Schlossers Tochter Henriette schreibt über Christiane:

„Wir haben sie alle herzlich gerne und sie fühlt dies mit Dank und Freude, erwidert es auch und war ganz offen und mit dem vollsten Vertrauen gegen uns alle gesinnt. Ihr äußeres Wesen hat etwas Gemeines, ihr Inneres aber nicht. Sie betrug sich liberal und schön bei der Theilung bei der sie sich doch gewiß verrathen hätte, wenn Gemeines in ihr wäre. Es freut uns alle sie zu kennen und über sie nach Verdienst zu urtheilen und sie bei Andern vertheidigen zu können, da ihr unerhört viel Unrecht geschieht."

Riemer äußert sich in seinen „Mittheilungen über Goethe" dahin, daß Goethes „zu mannigfacher Bildung ihm von höhern Mächten angewiesenen Laufbahn und die staatsbürgerlichen Verhältnisse in die er eintrat, eine Verbindung nicht erlaubten oder begünstigten, wie gewöhnliche Menschen sie gleich beim Antritt eines Amtes in Aussicht stellen. Jedoch fehlte es nicht an Versuchen und ernsten Bewerbungen die aus unbekannten Ursachen erfolglos blieben. Das Leben aber läßt sich nicht aufhalten, und Goethe hätte mehr als sein halbes Daseyn ohne das Glück eines häuslich-geselligen Zustandes hingebracht, dessen Innigkeit er schon früh empfand, wenn er sich nicht nach einem theilnehmenden, der Anhänglichkeit fähigen Wesen umsah, und es in einer Person fand, die ganz geeignet war, sowohl für seinen Haushalt zu sorgen, als durch anspruchslose und naive Munterkeit seine durch Unbilden des Lebens wie der Menschen getrübte Laune zu erheitern, den Mißmuth zu verscheuchen und durch Abnahme widerlicher Sorgen ihm die völlige Widmung an Kunst, Wissenschaft und Amt zu erleichtern.

Nur ein solches weibliches Wesen bedurfte er zu freier und möglichst ungehinderter Entwicklung seiner selbst, und keine auf Rang und Titel Anspruch machende, in gelehrten Zirkeln wohl gar selbst als Schriftstellerin, glänzenwollende Dame hätte sie fördern, oder nur sein häusliches Behagen und eheliches Glück machen können, wie ihn ganz nahe berührende Erfahrungen früher und später belehren sollten ....

Soviel bleibt ausgemacht gewiß, daß — alle übrigen Vortheile nicht in Betrachtung gezogen — in diesem häuslichen und wirthschaftlichen Zusammenleben nicht die gewöhnlichen Ehestandsscenen und Gardinenpredigten vorfielen, die selbst in dem legitimsten Ehestande seiner nächsten Freunde nicht selten waren....."

„Goethe schätzte und liebte wirklich seine Frau...."

„Indeß bewahrte Goethe von diesem Tage an[1] eine treue Dankbarkeit sowohl gegen seinen Retter als gegen die Frau, die überhaupt in diesen Schreckenstagen sich mit großer Standhaftigkeit und Gewandtheit, ohnerachtet sie nicht französisch sprach, zu nehmen wußte, und trotz des furchtbaren Aufwandes an Lebensmitteln, den sowohl die Soldaten als der Marschall[2] und seine verschwenderischen Köche verursachten, ihr Hauswesen doch so beisammenhielt, daß sie noch andern Bedürftigen aushelfen und ihren Schützlingen aus der Stadt etwas zuwenden konnte."

Über die kirchliche Trauung sagt Riemer: „Goethe übte damit den Act der Gerechtigkeit und Versöhnung mit den recipirten Sitten und Gebräuchen seiner Zeit aus und beruhigt dadurch auch die minder selbstständigen Seelen, die Frömmler und Scheinheiligen, denen das frühere Verhältniß immer etwas apprehensiv, mehr aus deutscher Verlegenheit (en peine) wegen des zu gebenden Titels, als an sich selbst seyn mochte, obwohl sie in der Gegenwart weniger skrupulös sich auch darüber zu fassen wußten. Denn ich habe nicht gesehen, daß Diejenigen, welche in Briefen oder Conventikeln (z. B. Herder an Knebel) darüber glossiren mochten, sich's im Benehmen gegen die Dame hätten merken lassen; noch daß Speisen oder Getränke die sie ihnen vorsetzte, darum weniger schmackhaft und annehmenswerth geschienen hätten, als wenn sie von der legitimsten und adeligsten Hausfrau wären bereitet gewesen." Ihre wirthschaftliche Thätigkeit betreffend, sagt er: „Goethe, der gastfreiste Mann Weimars, ohne der reichste des Orts zu seyn, sah wöchentlich nicht nur sondern fast täglich Gäste bei sich, einheimische oder fremde. Diese Rolle zu spielen wäre ihm als einzelnen Manne unmöglich gewesen, hätte nicht die Wirthschaftlichkeit jener „kleinen Freundin", mit der gelebt zu haben ihm fast zum Verbrechen gemacht mehr wird als ward, ihm zur Seite gestanden und das Mäßige zu Rath gehalten, in sich vermehrt und gesteigert, um allen jenen Anforderungen zu genügen. Doch nicht nur seinen ökonomischen Zuständen war sie förderlich; seinem geistigen Geschäft, seinem Amts- und Dienstberuf konnte er nur desto sorgloser nach-

[1] In der Nacht vom 14. auf 15. Oct. 1806 wurde Goethe in seinem Schlafzimmer von zwei französischen Soldaten überfallen. Christiane brachte Hülfe herbei, welche G. von den „Wüthenden" befreite.

[2] Marschall Ney war bei Goethe einquartiert.

gehen, als er „„in ihren sicher bewahrenden Händen““ die leiblichen Bedürfnisse geborgen wußte.“

Einen Einblick in ihr Wesen geben ihre eigenen Briefe an Nicolaus Meyer, wenn auch einen sehr beschränkten, da sie darin nur das Äußerlichste, Naheliegendste berührt. Es spricht daraus nur Güte und Frohsinn, nirgends eine Spur von Bitterkeit und Ärger, wenn auch das klare Gefühl von ihrer Stellung zur Gesellschaft und ihrer Isolirtheit mehrfach hervortritt. So schreibt sie z. B. Brief 3:

„Ich habe aber so gar Niemand dem ich mich vertrauen kann und mag —“

Brief 8:

„Denken Sie sich also mich die ich außer Ihnen und dem Geheimrath keinen Freund auf dieser Welt habe.... Und hier ist kein Freund dem ich so Alles was mir am Herzen liegt, sagen könnte. Ich könnte Freunde genug haben, aber ich kann mich an keinen Menschen wieder so anschließen und werde wohl so für mich allein meinen Weg wandeln müssen.....“

Brief 10:

„O Gott wenn ich denke daß eine Zeit kommen könnte wo ich so ganz allein stehen könnte..“

In dem ersten Brief der Eingangs erwähnten Ausgabe endlich schreibt sie während einer Krankheit

„Entweder wird es besser oder man geht sachte zur Ruh, wo es doch am besten ist.“ —

Das ist Alles womit sie ihrer Empfindung über eine Welt Ausdruck giebt, die ihrerseits in weniger feinen Formen ihre Stimmung über sie äußert. Hören wir z. B. Frau von Schiller aus Anlaß der Leichenfeier Wielands:

„Es durften nur Frauen von Maçons, noch dazu nur von hiesigen dabei sein. Ich als die beste Freundin Wielands, die ich ihn in den letzten Jahren am meisten sah, hätte wohl tiefer gefühlt was da vorging, als manche Dame die entweder nur da war um da zu sein, oder in leere Acclamationen auszubrechen...... Hätte ich der dicken Hälfte (Christiane) für eine Schaale Punsch ihr Recht abkaufen können, wie Esau um ein Linsengericht seine Erstgeburt, so glaube ich, wir wären beide an unserem Platz gewesen.“

Oder aber von anderer vornehmer Hand:

„Wer Dreck anfaßt, besudelt sich (wie Sie wissen ein Lieblingssprüchwort von mir) und daß er den angefaßt hat, weiß ich schon lange und habe ihn trotzdem immer frisch zu geliebt“....

Bettina von Arnim besuchte 1811 Weimar und die dortige Ausstellung. Einst hatte sie in Knabenkleidern zu Goethe fliehen wollen, dem sie sagen ließ, sie liebe ihn wie Mignon. Jahrelang hing sie mit einer überschwänglichen Leidenschaft an ihm — wie konnte sie nun Christiane ohne geheime Eifersucht und Neid als Goethes Frau an seiner Seite sehen? — Das Urtheil über ein Bild entzündete den Brennstoff, Christiane ließ sich die hochmüthige Abfertigung ihrer Ansicht nicht gefallen und Baronin Arnim nannte sie eine „Blutwurst". Christiane verbot Bettinen das Haus und die Weimarer Damen fanden es unerhört, daß Goethe das Verbot aufrecht erhielt.

Was nun gar Frau von Stein betrifft, so kann diese Christiane nicht schlecht und gemein genug hinstellen. Sie trägt nicht vornehm und würdig den Verlust, vielmehr wird sie plötzlich engherzig und bösartig. Bei ihr indessen mag es menschlich am entschuldbarsten gewesen sein.

Keineswegs in alle Kreise drang aber die Verstimmung die von den Unzufriedenen ausging. Vor Allen war es die großherzige Fürstin Amalia, welche die Verbindung vom rein menschlichen Standpunkt aus beurtheilte. Sie mochte erkannt haben, was er seit seiner Rückkehr aus Italien gelitten hatte und daß das Verhältniß zu Frau von Stein unhaltbar geworden war. — Auch Herder und dessen Gattin dachten so nachsichtig darüber, daß er ihnen von seiner zweiten italienischen Reise 1790 schreiben darf, wie tief ihm die Trennung von Christiane und seinem drei Monate alten Kinde gegangen sei, ja er bittet sie, sich seines Mädchens und des Kleinen anzunehmen „die sonst in einem schlimmen Falle ganz verlassen sein würden". Von Mantua aus gesteht er ihnen:

> „Ich liebe das Mädchen leidenschaftlich. Wie sehr ich an sie gewöhnt bin, habe ich erst auf dieser Reise gefühlt."

Im September desselben Jahres schreibt er:

> „Wenn Ihr mich lieb behaltet, wenn wenige Gute mir geneigt bleiben, wenn mein Mädchen treu ist, mein Kleiner lebt und mein großer Ofen gut heizt, so hab ich vorerst nichts zu wünschen."

Auch der Herzog blieb unverändert in seinen Gesinnungen gegen Goethe und war Pathe seines Sohnes August, den Herder taufte.

Es blieben aber auch einige seiner Nächsten von der Verstimmung nicht unberührt. Schiller z. B. schreibt an Körner:

> „Im Ganzen bringt jetzt Goethe zu wenig hervor, so reich er noch immer an Erfindung ist. Sein Gemüth ist nicht ruhig genug, weil ihm seine elenden häuslichen Verhältnisse die er zu schwach ist zu ändern, zu viel Verdruß erregen."

Ein Jahr später derselbe:

> „Leider ist Goethe durch einige falsche Begriffe über eheliches Glück und seine unselige Ehescheu in ein Verhältniß gerathen, welches ihn in seinem eigenen häuslichen Kreise drückt und unglücklich macht, und welches abzuschütteln er zu schwach und weichherzig

ist. Das ist seine einzige Blöße, die aber Niemanden verletzt; und auch diese hängt mit einem sehr edlen Theile seines Characters zusammen."

Hier verkennt nur Schiller die eigentliche Ursache des Drucks den er auf Goethe ruhen glaubt, indem er sie in dessen „eigenem häuslichen Kreise" anstatt in dem Verhalten eines Theils der Gesellschaft zu demselben sucht. In gewissem Sinn mag er hierin unter dem Einfluß seiner Frau gestanden haben, der wiederum als Freundin der Frau von Stein Manches verziehen werden muß. — Partheien wie die Kotzebue'sche mochten vollends von Skandalklatsch leben und ihm die flüchtigen Blüthen aus dem Kranze des eilenden Lebens zerren, indessen er seinerseits rastlos Unschätzbares aus seinem Innersten der Menschheit gab. —

Das war es ohne Zweifel was ihn in Weimar befangen machte, und ihn freier und glücklicher sich geben ließ wenn er auswärts war oder wenn er sich Personen gegenüber befand, von denen er wußte, daß sie milde und freundlich über die Sache hinweggingen.

Was den sittlichen Standpunkt der Weimarer Gesellschaft in diesem Kampfe betrifft, so scheint er ein etwas verschwommener gewesen zu sein. — Es ist zu bekannt, um wie vieles freier damals die Anschauungen in derlei Fragen waren, als daß es erst nachgewiesen zu werden brauchte. Berühren wir nur das naheliegende Beispiel der Frau von Stein. Ihr Verhältniß zu Goethe wurde von den Mitlebenden begreiflicherweise — und wie aus verschiedenen Zeugnissen hervorgeht — weit mehr für ein Liebesverhältniß gehalten als jetzt. Es beunruhigte aber die Gesellschaft in keiner Weise. Die vornehme Welt, der Herzog, selbst ihr Mann beförderten etliche der mehreren tausend hin und wieder gegangenen Briefchen auf die natürlichste Weise. Ja als sich Goethe Christianen zuwendete, wurde Frau von Stein aufrichtig bedauert, man kondolirte ihr förmlich.

Christiane dagegen verachtete man, weil sie seine Geliebte geworden war. — Eine gesunde Moral muß anders urtheilen. Sollte überhaupt zu Gericht gesessen werden, so mußte das freie Mädchen entschuldbarer erscheinen, als die Frau, die ein Recht über sich nicht mehr hatte. — Wir sehen Goethes Beziehungen zu Frau von Stein nicht im damaligen Lichte. Vermöchten wir es aber, so würden auch wir nicht richten, wo ein Gott unter Menschen gewandelt ist! Wir sprechen nur der damaligen Zeit im Hinblick auf ihre sonstige Duldsamkeit das Recht ab, sich über die Verbindung Goethes aufzuhalten und wünschen damit der Erkenntniß breitern Eingang zu verschaffen, daß der Lärm der noch in unsere Tagen herüberklingt, nicht sowohl vom gesunden Urtheil als vielmehr von Goethes Feinden und ebenso wirksam von der schöngeistigen Damenwelt intonirt war, die es wie einen Schlag in's Antlitz empfinden mußte, daß ein Goethe das einfache Mädchen ihnen allen vorzog. Die schlimme Meinung aber, besonders über Große, verbreitet sich epidemisch und es werden davon auch solche berührt, die an der Importation unschuldig sind.

Willkommenen Anlaß zu widriger Nachrede gab Christianens Lebenslust und Fröhlichkeit. Sie wurde hingestellt als eine genuß- und unterhaltungssüchtige Person, als Folie wurde der Lebenswandel ihres Vaters angeführt u. dergl. m. Thatsächlich aber war sie eine heitere, fröhliche Natur, die sich zum Ärger der Weimarer Damen nicht allzuviel aus ihren scheelen Blicken machte, sondern in bürgerlichen Kreisen und Bällen ihren harmlosen Lebensgenuß suchte, da ihr die vornehmen verschlossen blieben. Goethe gönnte es ihr gerne und „freute sich an ihrem unerschütterlichen Frohsinn, ihrem neckischen Geplauder, ihrer herzlichen Gutmüthigkeit und ihrer liebevoll besorgten, auf reinem Wohlwollen beruhenden Neigung, ja selbst ihre kleinen Schwächen erheiterten ihn." [1]

„Welch ein Mädchen ich wünsche zu haben? Ihr fragt mich. Ich hab sie
Wie ich sie wünsche, das heißt, dünkt mich, mit wenigem viel.
An dem Meere ging ich und suchte mir Muscheln. In einer
Fand ich ein Perlchen; es bleibt nun mir am Herzen verwahrt."

Nach Riemer hatte Goethe den Gedanken schon länger erwogen, durch eine Trauung sein Verhältniß zu Christiane zu legitimiren. Die Schreckenstage von 1806 brachten den Entschluß zur Reife. Die Stadt war durch Einquartierung und sonstige Kriegsunbilden schwer heimgesucht. In Goethes Haus allein standen 28 Betten bereit und wurden in den ersten Tagen zwölf Eimer Wein verschenkt. Daß Goethe in Lebensgefahr kam, ist schon erwähnt. Am 14. October war die Schlacht von Jena geschlagen, am 15. kommt Napoleon nach Weimar und verläßt es am 17. wieder, seine Bedingungen für den Herzog hinterlassend — und an diesem Tage schreibt Goethe an den Oberhofprediger Günther:

„Dieser Tage und Nächte ist ein alter Vorsatz bei mir zur Reife gekommen; ich will meine kleine Freundin, die so viel an mir gethan und auch diese Stunden der Prüfung mit mir durchlebt, völlig und bürgerlich anerkennen als die Meine. Sagen Sie mir, würdiger geistlicher Herr und Vater, wie es anzufangen ist, daß wir sobald möglich, Sonntag oder vorher, getraut werden. Was sind deßhalb für Schritte zu thun? Könnten Sie die Handlung nicht selbst verrichten? Ich wünschte daß sie in der Sacristei der Stadtkirche geschähe. Geben Sie dem Boten, wenn sich's trifft, Antwort. Bitte."

„Alle Freunde und Verehrer Goethes billigten und belobten diesen längst erwarteten Schritt, und so war es denn der 19. October, der erste Sonntag nach der Schlacht vom 14., wo Goethe mit seiner Gattin, seinem Sohne, und mir als

[1] Düntzer, Goethes Leben, Leipzig 1880.

Zeugen des Morgens nach der Schloßkirche fuhr und in der Sacristei den Act der Trauung vollziehen ließ. Der Oberkonsistorialrath Günther verrichtete die Ceremonie in angemessener Weise." (Riemer.)

Nun wünschte Goethe seine Frau auch in die Kreise der Weimarer Gesellschaft einzuführen. Johanna Schopenhauer, eine feingebildete Danzigerin die sich als Wittwe nach Weimar zurückgezogen hatte, schreibt über Goethe:

„Er ist das vollkommenste Wesen das ich kenne, auch im Äußern. Eine hohe, schöne Gestalt die sich sehr gerade hält, sehr sorgfältig gekleidet, immer schwarz oder ganz dunkelblau, die Haare recht geschmackvoll frisirt und gepudert, wie es seinem Alter ziemt und ein gar prächtiges Gesicht mit zwei klaren braunen Augen die mild und durchdringend zugleich sind."

Zu ihr, deren Gesinnungen für seine Person er kennen mochte, brachte er zuerst seine Christiane. Über den Besuch schreibt J. Schopenhauer an ihren Sohn:

„Ich empfing sie als ob ich nicht wüßte, wer sie gewesen. Ich sah deutlich, wie sehr mein Benehmen ihn freute; es waren noch einige Damen bei mir die erst formell und steif waren und hernach meinem Beispiele folgten. Goethe blieb fast zwei Stunden und war so gesprächig und freundlich wie man ihn seit Jahren nicht gesehen hat. Er hat sie noch zu Niemand als zu mir in Person geführt. Als Fremder und Großstädterin traut er mir zu, daß ich die Frau so nehmen werde, als sie genommen werden muß. Sie war in der That sehr verlegen, aber ich half ihr bald durch."

Auch mit Frau von Wolzogen, Frau von Schiller und Frau von Stein regte Goethe Beziehungen an und lud sie zum Abendessen ein. Letztere schreibt darüber ihrem Sohn:

„Angenehm ist es mir freilich nicht, in der Gesellschaft zu sein, indessen da er das Kreatürchen sehr liebt, kann ich's ihm wohl einmal zu Gefallen thun."

Zu rechten Beziehungen kam es indessen nie. Die größern Feste besuchte Christiane von da ab regelmäßig und stand den Gesellschaften im eigenen Hause in angemessener Weise vor. Besonders wohl soll sich aber Goethe an den stillern Abenden gefühlt haben, wo er mit seiner Frau und der Ulrich[1] bei einem Glase Punsch eine Parthie Whist spielte.

Ein dunkles Blatt in Goethes Geschichte ist die Episode mit seinem Sohn. Nachdem er mehrere Kinder gleich nach der Geburt verloren hatte, blieb ihm nur sein erstes, geb. 25. Dec. 1789. Es war ein schöner Knabe, an dem sein Herz mit ganzer Liebe hing. Henriette Schlosser schreibt 1808 von ihm:

[1] Eine anmuthige und begabte Waise, die Goethe zur Gesellschaft für Christiane in sein Haus aufgenommen hatte.

„Er ist ein sehr lieber, braver Junge, gescheidt, herzlich und treu. Alle Menschen lieben ihn die ihn kennen. Genialisch wie sein Vater ist er nicht, auch freut es ihn gewaltig, daß seine Mutter nun auch seines Vaters Frau ist, er scheint derlei gar nicht zu lieben wie sein Vater und wird gewiß ein bürgerlicher, wackerer Geschäftsmann werden ohne doch trocken zu sein. Er ist äußerst lebhaft und lustig und hat Freude an schönen Wissenschaften, hängt kindlich an seinen Eltern und ist gegen uns Alle zutraulich und wir ganz charmirt in ihn."

Schon in seinem neunzehnten Jahr fand ihn Thibaut hektisch und äußerte sich besorgt um ihn. Ein verhängnißvoller Hang zu Ausschweifungen trat hinzu. Die Feinde der Christiane haben es nicht ohne Erfolg versucht, sie für diese Richtung ihres Sohnes verantwortlich zu machen. Ihre Vergnügungen an denen er bisweilen theilnahm, sollten ihn verführt haben.

„Neulich hat er in einem Club von der Classe seiner Mutter siebzehn Gläser Champagnerwein getrunken und ich hatte Mühe, ihn bei mir vom Wein abzuhalten",

schreibt Frau von Stein von dem Zwölfjährigen. Wer je mit ausschweifenden Naturen zu thun gehabt hat, weiß, daß nicht einige bürgerliche Unterhaltungen mehr oder weniger solche Wurzel pflanzen oder ausreißen. Auch war der Kreis in dem er excedirte, nicht derjenige seiner Mutter, sondern bekanntlich ein ganz anderer. Derartige Erscheinungen aber bei einem Knaben seines Alters lassen auf tiefgehende Anlagen schließen. Die an diesen Fall geknüpfte Reflexion der Frau von Stein: „er ist schon gewohnt, sein Elend zu vertrinken", ist in Anwendung auf ein Kind in seinen Jahren lächerlich, würden auch nicht die verschiedensten Zeugnisse für das Gleichgewicht und den Frohsinn seiner Seele vorliegen. Unter Anderm schreibt Goethe im Mai 1805 an seine Mutter:

„Nehmen Sie liebe Mutter tausend Dank für alles das Gute das Sie unserem August erzeigt haben! Ich wünsche daß die Erinnerung seiner Gegenwart Ihnen nur einen Theil der Freude geben möge, die uns jezt seine Erzählung verschafft. Wir werden dadurch ganz lebhaft zu Ihnen und meinen alten Freunden versezt. Danken Sie herzlich Allen die ihn so gütig aufnahmen. Der erste Versuch in die Welt hinein zu sehen ist ihm so gut gelungen daß ich für seine Zukunft eine gute Hoffnung habe. Seine Jugend war glücklich und ich wünsche daß er auch heiter und froh in ein ernsteres Alter hinüber gehe."

Gerne wird es Christiane vorgeworfen, sie habe nicht hebend auf ihren Sohn eingewirkt. Sie war eine liebevolle, treubesorgte Mutter für ihn und gab seinem kindlichen Herzen in ihrer Güte und harmlosen Frohnatur unzweifelhaft mehr als viele unserer gebildeten, nervösen, im Kampf ums Dasein müde und herb gewordenen Frauen es in ihrem Kreise vermögen. „Er hing kindlich an seinen Eltern". — Heinrich Voß wünschte nach einem Besuch in Goethes Haus nichts Besseres als eben diese Häuslichkeit für seinen heranwachsenden Sohn und war glücklich, ihn zu längerem Aufenthalt hinzuschicken. — An hebender Anregung konnte es aber gerade hier nicht fehlen.

Goethe liebte seinen Sohn zärtlich, führte ihn spazieren und unterhielt sich bildend mit ihm. Er gab ihm in Riemer einen trefflichen Hofmeister, unter dessen beständigem Einfluß er war. Er entwickelte sich endlich in einer Atmosphäre, wo von den größten Geistern Deutschlands der frohe Cultus des Hohen und Schönen geübt ward. Aber kein Einfluß ist wirksam gegen Naturanlagen wie sie hier zur Katastrophe führten. — Goethe hoffte, durch eine Heirath seinen Neigungen heilsame Schranken zu setzen und verband ihn mit der schönen, freundlichen, musikalischen Baronin Ottilie von Pogwisch. Nach Frau von Schardt [1] waren August und Ottilie

> „im Anfang glücklich wie die Kinder, nachdem man so viel um sie besorgt gewesen. Ihre neu eingerichteten Stuben athmeten Blumenduft und Frieden. Der Papa hat die Schwiegertochter sehr lieb, noch in Jena mußte sie ihm jede Woche schreiben, und so er an sie. Er theilte ihr alle Schätze mit die er con amore hegt oder hervorbringt."

Aber mit dem Reiz der Neuheit war auch das junge Glück dahin und August ging wiederum die alte Bahn. Die Rückwirkung auf den häuslichen Frieden und auf seine Frau blieb nicht aus, bei der es sich bewähren mochte: es ist des Unglücks eigentlichstes Unglück, daß man selten rein daraus hervorgeht.... Und jetzt war es, nachdem Goethe seine Christiane längst begraben hatte, wo er sich zeitweilig nach Auswärts zurück zog, um den „elenden häuslichen Verhältnissen" zu entgehen. — August aber stürmte immer rücksichtsloser auf seine Gesundheit ein und ging auf seiner italienischen Reise [2] „an Cestius Male vorbei leise zum Orkus hinab". —

Ottilie aber blieb die treue Gefährtin Goethes, seine Hand in der ihren hauchte er seinen Geist aus. Wenige Wochen vor ihrem Tode erhob sie sich noch einmal von ihrem Lager um die Tochter Nicolaus Meyers zu empfangen. Es erwachten Erinnerungen bei diesem Namen, die die Ermattete für einen Augenblick wieder belebten. — Sie öffnete die Gardinen der ausgestorbenen Räume und ein Sonnenstrahl fiel auf ein wunderbar schönes Frauenbildniß. „Das war ich" antwortete sie auf den fragenden Blick ihres Gastes. Dann brachte sie Dies und Jenes hastig herbei und Ottilie Meyer mußte ihr den Bezug auf ihr Elternhaus, aus dem so Manches zu Goethe gekommen war, erklären. An der Thür hing eine Zeichnung, die Tochter mußte bestätigen, daß es das Bild ihres Vaters sei. Als die Rede auf Goethe kam, sagte sie schmerzbewegt: „in ihm habe ich Alles ver-

[1] Mutter der Frau von Stein.
[2] 1830.

loren, er war der Stern meines Lebens". Zum Abschluß gab sie der Scheidenden einen Strauß frischer Blumen, die Er noch gepflanzt hatte. —

Zehn Jahre lebte Goethe noch in glücklicher Ehe, nachdem er sich mit Christiane hatte trauen lassen. Die Götter haben seine Bitte gehört denen er zuruft:

„Oftmals hab' ich geirrt und habe mich wieder gefunden,
Aber glücklicher nie nun da dieß Mädchen mein Glück.
Ist auch dieses ein Irrthum so schont mich, ihr klügeren Götter,
Und benehmt mir ihn erst drüben am kalten Gestad."

Sie starb nach kurzem schweren Leiden am 6. Juni 1816, nachdem ihr schon fast Alles vorangegangen war, was Goethe liebte. Ihr Bruder August Vulpius schreibt nach ihrem Tode an Nicolaus Meyer (11. Juni 1806):

„Ihre Freundin, meine Schwester, ist nicht mehr. Der Tod hat ihrer kraftvollen Gesundheit in einem schrecklichen Kampfe von 5 Tagen das Leben abgekämpft. Sie starb am 6ten, (ihrem Geburtstage, in ihrer Geburtsstunde) Mittag 12 Uhr an Blutkrämpfen der schrecklichsten Art, für sie, und uns. Sie können sich vorstellen, wie zerstöhrt alles bei uns ist und umhergeht. Alle weinen, und ihr Mann ist fast untröstlich. Behüte Sie Gott für dgl. harten Schicksalen, und schenke Ihnen Friede und frohes Gedeihen, so, wie all den Ihrigen.

Der Ihrigste

Vulpius.

Goethe aber, dieser „Die Fülle aller Erdenwesen und Gemüthszustände umfassende Geist", soll am Sterbelager der Vielgeschmähten fassungslos niedergesunken sein und ausgerufen haben: „Du wirst mich nicht verlassen, Nein, nein, du wirst mich nicht verlassen!" — Als es aber doch geschehen war, brach er in die Klage aus:

„Du versuchst o Sonne vergebens
Durch die düstern Wolken zu scheinen,
Der ganze Gewinn meines Lebens
Ist, ihren Verlust zu beweinen!"

Zwölf eigenhändige Briefe der Christiane Vulpius an Nikolaus Meyer.[1]

I.

(Aus Lauchstädt 1802.)

Schon seit drei Wochen bin ich mit dem Geheimrath und August[2] in Lauchstädt[3] und jeden Tag habe ich Ihm schreiben wollen. Aber Frühe wird gebadet, alsdann muß man doch gehen, dann geht es zu Tisch, von da wird (sich) geputzt, und geht in das Theater, wieder zum Abendessen und alsdann auch wohl auf den Ball. Ich war schon hier auf 6 Bällen wo es sehr brillant ist. Es sind sehr viele junge Contessen hier, die alle recht hübsch sind. Sehr viele Officiere sind nicht da, aber die Hallischen Studenten sind meist sehr gescheute Leute und der Geheimrath ist sehr mit ihrem Betragen sowohl auf Bällen als im Theater zufrieden. Am Sonntag kamen Biörklands[4] hierher und waren auch auf dem Ball, wurden aber gar nicht aufgefordert und mußten bloß mit der Unterhaltung von Becker und Oellers[5] vorlieb nehmen. Unser Mitleid von mir und der Götz[6] wurde so gerührt,

[1] Die Orthographie ist im Druck richtig gestellt. Diejenigen Worte, deren Orthographie oder flüchtige Schrift im Originalmanuskript Zweifel über die Lesart gestatten, sind in getreuer Wiedergabe eingeklammert an ihrem Platz zu finden. In den in Facsimile beigegebenen vier Nummern jedoch bleiben diese Angaben fort.

[2] Goethes einziger Sohn, geb. 1791, gest. 1830.

[3] Badeort, besonders beliebt als Sommeraufenthalt beim weimarischen Hof, welcher seine Schauspielergesellschaft dort öfters auftreten ließ.

[4] Schwedischer Dichter, der mit Goethe in Verkehr stand und von ihm durch ein Gedicht geehrt wird. S. Goethe-Jahrbuch V, 169.

[5] Becker und Ehlers, Hofschauspieler.

[6] Vermuthlich die Frau des Hofmusikus Ernst Joh. Karl Götze.

daß wir auf Zureden vom Geheimen Rath ihnen bald unsere Tänzer zugeschickt hätten, denn sie sahen gar zu betrübt aus. Die Götz aber sagte Nein, es muß auch eine kleine Züchtigung sein. Denn zu jedem Ball werden wir 4 bis 5 Mal eingeladen und wenn wir nicht gleich kommen, geholt. Doch auf jedem Ball haben wir Sie immer gewünscht. Ich tanze auf jedem Ball mit Einem wie mit dem Andern, weil sie mir alle gleich sind. Sie erweisen mir Alle wo ich bin sehr viel Artigkeit. Sie haben auf dem Geheimrath und mein Vivat gerufen. Das Theater ist hier sehr schön geworden, es können tausend Menschen zusehen; im ersten Stück, das mit einem kleinen Vorspiel vom Geheimen Rath anfing, betitelt „Was wir bringen“ [1] waren 8 hundert Menschen. Wir waren auf dem Balkon in einer sehr schönen Lage (oder Loge) und wie das Vorspiel zu Ende war, so rufften die Studenten: Es lebe der größte Meister der Kunst Goethe. Er hatte sich ganz hinten hin gesetzt, aber ich stand auf und er mußte vor und sich bedanken. Nach der Komödie war Illumination und dem Geheimen Rath sein Bild illuminirt und sein Name brennt [2] und wir speisen mit im Salon wo auch wieder Alles illuminirt war und der ganze Saal mit Blumenguirlanden geschmückt. Die Jagemann [3] ist auch vierzehn Tage hier gewesen und hat auch sehr viel tanzen müßen.

Izo ist der Geheimrath auf ein paar Tage in Halle, ich war auch da, ich habe da recht hübsche Bekanntschaften gemacht mit den Töchtern des Professors Wolf, welches sehr gute Mädchen sind, auch mit dem Kapellmeister Reichardt [4] seinen Töchtern aus Giebichenstein, die alle sind immer hier. In Halle hatte ich auch sehr viel Vergnügen auf dem Berge bei den Maurern, [5] der Herr von Wangenheim [6] führte mich überall in allen Zimmern herum und Becker [7] hatte mich als Schwester präsentirt und sie haben mir alle sehr viel Ehre erzeigt. Doch fehlt mir bei diesen Vergnügungen immer Etwas. Izo denke ich in ein paar Tagen von hier wegzugehen. Ich habe auch nunmehro Alles satt und werde mich nun wieder in meiner Ruhe recht wohl befinden.

---

[1] Vorspiel gedichtet von Goethe zur Eröffnung des neuen Theaters in Lauchstädt.

[2] Transparent mit seinem Namen.

[3] Die bekannte Hofschauspielerin.

[4] Fr. Aug. Wolff, Professor d. Philologie in Halle, war von Goethe zur Eröffnung des Lauchstädter Theaters eingeladen, ebenso wie Kapellmeister Reichardt, welchen Goethe später auf Schloß Giebichenstein mit den Seinen besuchte.

[5] Der „Berg“, genauer der Jägerberg, kleiner Hügel innerhalb der Stadt Halle, auf welchem seit alter Zeit die Freimaurerloge steht. Darauf bezieht sich auch der Umstand, daß Becker Christiane als Schwester vorgestellt hat.

[6] Karl Friedrich von Wangenheim, Secondelieutenant des damals dort garnisonirenden Regiments Renouard.

[7] Schauspieler Becker aus Weimar.

Den Brief wegen dem Ringe von Koch habe ich erst hier bekommen, frage aber an, ob ich, wenn ich zurück komme, es noch besorgen soll, schreiben Sie mir deßhalb. Leben Sie recht wohl und bei den größten Freuden denken Sie zuweilen an

Ihre Freundin

C. V.

II.

Weimar, 23. August [1802].

Mein lieber Freund!

Sie haben mir mit dem Geburtstagsgeschenk (Gebrurzdas gesecken) eine sehr große Freude gemacht, es kam zwar erst heute an, aber desto größer war die Freude und um so mehr, da ich daraus sehe, daß sie Ihre Freundin nicht ganz vergessen haben; auch dafür sowie für das schöne Geschenk danke ich Ihnen herzlich. Daß Alles — bis [auf] die Ananas und der Ingwer nicht — angekommen ist, werden Sie wohl aus dem Brief vom Geheimrath gesehen haben; auch die Butter — welche ich bitte mit auf die Rechnung (Rehnung) des Weins zu setzen. Meinen Brief von Lauchstädt haben Sie doch auch erhalten. Hier lebe ich ganz still, komme gar zu Niemand, finde bloß Freude an der Haushaltung und an weiter nichts. Neuigkeiten (Neuichkeiden) weiß ich also garnicht, einige Heirathen [ausgenommen]. Mademoiselle Eysert[1] heirathet Becker[2] auf Michaeli und Mademoiselle (Matsel) Burkhardt[3] Temlern[4] (Dennelern) den Maler. Das ist Alles was ich weiß. Was mich freut, das ist, daß Sie anfangen Freude und Lust an Ihren medicinischen Geschäften zu finden, schreiben Sie mir nur recht oft, denn dieses ist meine einzige Freude, Etwas von Ihnen zu hören. Überhaupt wünsche ich mir wegen Etwas nur eine Stunde (Stude) mit Ihm zu sprechen (spchen), was sich nicht dem Papier anvertrauen läßt, doch bitte ich Sie, darauf antworten Sie mir nicht.

Wegen des Vorspiels[5] sollen Sie noch Antwort (antword) haben. Leben Sie recht wohl und denken Sie zuweilen an eine Freundin die immer an Sie denkt. Der Geheimrath grüßt Sie vielmals, sowie auch unser ganzes Haus.

---

[1] Vermuthlich Wilhelmine Eysert, den Hofdamen zugetheilt.

[2] Wahrscheinlich Schauspieler Becker (Familienname „v. Blumenthal") der Goethe zum Öftern als Regisseur vertrat. Die Verlobung wäre dann aber zurückgegangen.

[3] Tochter des Hofmarschallamtssekretärs G. G. Theodor Burkhardt.

[4] Hofzeichenlehrer Ad. Fr. Rudolf Temler.

[5] Lauchstädter Vorspiel „Was wir bringen", wurde im November 1802 von Goethe mit einem Schreiben an R. Meyer geschickt.

III.

Weimar, 21. April.

Da Sie mich beschuldigen, ich habe Sie vergessen, muß ich, so ungern ich auch schreibe, Ihm doch einmal selbst schreiben; ob ich Sie vergessen kann und werde, frage ich Sie selbst — — ich lebe ganz still und sehe fast keinen Menschen. Das Theater ist noch einzig (einstich) und allein meine Freude. Ich lebe aber wegen des Geheimraths sehr in Sorge, er ist manchmal ganz Hypochonder (Hübekonder) und ich stehe viel aus, weil es aber Krankheit, so thue ich Alles gern; habe aber so gar Niemand (nienat) dem ich mich vertrauen kann und mag. Schreiben Sie mir aber auf Dieses nichts, denn man muß ihm Ja nicht sagen, daß er krank (krag) ist, ich glaube aber, er wird wieder einmal recht krank. Neulich als Ihr Brief kam, war er sehr lustig und sagte zu mir: sehe nur einmal, was dem Doctor seine Briefe an Dich so klein und unbedeutend werden; erinnerst Du Dich, ich habe Dir es einmal voraus prophezeit. Und wirst Du bald gar keine mehr bekommen. Lassen Sie das nicht in Erfüllung gehen und schreiben Sie mir bald und viel. Denn eine ganze Zeit habe ich sehr wenig von Ihnen gehört, ich denke mir aber fest, daß Sie noch der Freund sind, der Sie waren, sowie ich auch das bleibe was ich war.

Mit dem Wein haben Sie dem Geheimen Rath eine große Freude gemacht, er ist sehr gut, wir wissen garnicht, mit was wir Ihm nur wieder etwas Gutes erwiedern können. Vielleicht (vielich) kann es noch in der Folge geschehen.

Eglofssteins[1] haben wieder ein Packet geschickt, der Geheimrath will es bezahlen und Ihm alsdann auf Ihre Rechnung schicken, auch die Guitarre von Goullon.[2] Wir warten nur auf Haußhaltern[3] oder sonst ein Fuhrmann. Sie werden auch ein Paket Bücher finden, wovon Sie den Verfasser kennen, das Sie aber gewiß Freude machen wird, auch die Sachen von meinem Bruder, Sie werden Alles in einer Kiste erhalten, so bald es abgegangen ist, so sollen Sie es wissen. Und so bald das neue Stück vom Geheimrath gedruckt ist, so sollen Sie es gleich bekommen. Hier folgt einstweilen nur ein Zettel, aber Sie müssen ja nicht übel nehmen, daß er so schmutzig (schmuß sich) ist, ich konnte aber keinen bessern bekommen; es wurde mit großem Beifall aufgeführt, die Jagemann spielte die natürliche Tochter sehr schön, ich habe

[1] Eglofssteins hatten eine Strickwaarenfabrik.

[2] Goullon, Mundkoch der Herzogin Amalia, von welchem N. Meyer durch Vermittlung Goethes eine Mandoline kaufte.

[3] Haußhalter, ein Fuhrmann.

Sie nur bei der Aufführung gewünscht, sowie auch bei der Braut von Messina von Schiller.

Leben Sie recht wohl und erinnern Sie sich noch zuweilen an Jemand (jenat) der sich immer nennen wird Ihre Freundin

C. V.

IV.

Ende Mai 1803.

Heute, lieber Freund, ist die Kiste mit Haußhalter abgegangen und ich wünsche, daß Ihnen was darin ist, Freude machen möge. Sobald als die natürliche Tochter gedruckt ist, so wie auch der Almanach, so sollen Sie es beides erhalten. Zu dem Almanach kamen auch die Noten von Ehlers[1] mit zu der Guitarre heraus. Ehlers wird Ihnen auch ein Exemplar schicken und zugleich läßt er sich Ihm bestens empfehlen, er hat wieder sehr viel neue Lieder vom Geheimrath komponirt, die Sie gewiß gefallen werden, überhaupt hat er sich sowohl als Sänger als auch in Schau- und Lustspiel gebessert und der Geheimrath ist sehr zufrieden mit ihm, er ist auch oft bei uns. Der Geheimrath sieht jetzo die Schauspieler mehr als sonst, alle Woche haben wir welche zu Gaste und so geht es Reihe um. Von Damen haben wir nichts Neues, aber die Müller ist außerordentlich brav geworden, auch die Sielie. Neue Herren sind folgende: Herr Oels, Herr Unzelmann, Herr Greiner, Herr Zimmermann. Überhaupt habe ich nur einen Wunsch, daß Sie nur nächsten Winter uns wieder einmal besuchen und die großen Stücke hier sähen, die Braut von Messina, die Jungfrau von Orleans, die natürliche Tochter und dergleichen mehr. Den Stuhl besitze ich jetzo meistentheils weil die Bank immer besetzt ist, doch Ihren Platz sollen Sie immer leer finden, der eigentliche Platz wird nie wieder besetzt. — Wir wollen indeß der guten Hoffnung leben. Aber warum schreiben Sie Ihrer Freundin auch nicht ein Wort, soll denn die Weissagung ganz eintreffen? nein, antworten Sie nur recht bald.

Nun wage ich auch eine Bitte an Sie, haben Sie die Güte, mir wieder 50 Pfd. Butter zu schicken, ich stehe in dergleichen Fällen wieder zu Befehl. Von dem Geheimrath werden Sie nicht längst einen Brief erhalten haben. Vor jetzo befindet er sich in Jena, wo ich bis Freitag auch hingehe zu einem großen Ball auf der Rose, wozu ich heute eingeladen worden bin. Die Tanzlust will sich bei

[1] Komponist und dramatischer Künstler.

mir noch immer nicht verlieren, wir werden auch wieder einige Wochen nach Lauchstädt gehen.

Leben Sie recht wohl und antworten Sie recht bald und vergessen Sie Ihre Freundin nicht ganz.

Christiane V.

V.

(Blatt 1 fehlt.) Sie haben viel zu thun, doch sollten Ihre Briefe nicht so kurz und trocken sein. Unser Theater hat sich wegen (wehen) des Personals (Peßsonahls) sehr viel verändert, kommen Sie nicht hierher, sollen Sie ein Verzeichniß von Allen haben. Besonders haben wir jetzo sehr viel hübsche Männer und junge Leute (Jugeleute). Von mir kann ich weiter nichts sagen, als daß ich jetzo sehr lustig bin und noch immer noch so gerne als sonst (sonnd) tanze. Ja sogar bilde ich mir ein, daß ich noch besser als sonst tanze, und das ist, seit ich dieses Jahr in Lauchstädt war. Der Geheimrath befindet sich jetzo auch recht wohl und wir sind alle zusammen recht zufrieden, wir sprechen recht oft von Ihm und wünschen Sie bei uns. Leben Sie recht wohl und antworten Sie recht bald Ihrer

Freundin Christiane

Vulpius.

VI.

Lieber Freund!

schon längst hätte ich Ihnen für die schönen Fische (Fiesse) welche Sie uns schickten (sükden), danken sollen. Aber Sie wissen, wie ungern ich schreibe und Geist[1] ist schon seit 4 Wochen in Jena mit dem Geheimrath. Also jetzt meinen besten Dank. Es ist bei dem Verzehren sehr viel Ihrer gedacht (gedackt) worden. Es waren immer jedesmal Bekannte von Ihnen dabei und Ihre Gesundheit wird immer bei jedem Schmaus oder bei mir auf jeder Redoute oder Ball getrunken. Dieses Jahr habe ich keinen Ball und keine Redoute (Runde) versäumt, auch werde ich auf den Ressourcenball gehen. Und dabei wird mir gewiß Etwas einfallen, was Ihnen einst da be-

[1] Schreiber Goethes.

gegnete. Die gute Frau ist aber ganz verblüht, sie sieht sich gar nicht mehr gleich. Jetzo aber eine Frage, welche mich mehr als Alles interessirt (indres siert), haben wir noch Hoffnung, Sie bei uns zu sehen — oder haben wir uns umsonst (um somb) gefreut? Schreiben Sie mir ja bald. Alle meine guten Freunde freuen sich sehr, Sie wieder zu sehen. Die Kirmeße in Roßla [1] und alle dergleichen Spässe werden wenn wir zusammen sind, sehr oft erwähnt, kurz es wird immer von ihm gesprochen und man will behaupten, daß kein Tag vorbei ginge, wo Sie nicht einigemahl erwähnt werden.

Daß ich mich aber wenn Sie kommen, kindisch (Kindies) freue, können Sie sich vorstellen und was werden wir uns nicht Alles zu erzählen haben, was Alles zu schreiben zu weitläufig wäre. Doch ist sehr viel von ihm verlangt, so eine weite Tour zu machen, um alle Freunde zu sehen. Das Merkwürdigste in Weimar ist, daß die Frau von Staël (Stahl) hier ist und sich einige Zeit bei uns aufhalten wird. Ich bitte (bede) nochmals, mir ja bald zu schreiben und wünsche (wüsse) Ihm nochmals recht fröhliche Weihnachtsfeiertage, so wie einstmals (einst mahl) bei uns waren. Dieses wünscht Ihre Freundin

Vulpius.

Weimar 15. December (1803).

VII.

(Februar 1804.)

Lieber Freund, soeben da ich Ihren mir lieben Brief erhalte, sind wieder sehr angenehme Freunde bei uns; es war Voß [2] der Dichter mit seiner Frau, sie wohnen jetzo [in] Jena, sind aber ein Paar recht liebe Leute. Nachdem sie sich einige Tage bei uns aufgehalten haben, sind [sie] wieder nach Jena und haben uns ihren ältesten Sohn geschickt (gesükt), welcher auch ein sehr gebildeter (gebieltet dert) junger Mann ist und dem es bei uns besonders wohl gefällt, und dem August sein Hofmeister, [3] welcher auch ein gescheuter Mensch ist. So giebt es alle Mittage ein sehr gelehrtes Gespräch und es fehlten nur Sie lieber Freund noch an unserem Tische (Diesse) und in unserer Mitte und dann wäre Alles vollkommen und gut. Da es Ihnen nicht recht wohl zu Muthe ist, sollten Sie dieses Frühjahr eine kleine Reise

[1] Niederroßla, Amts- und Pfarrkirchdorf an d. Ilm i. Großherzogth. Weimar.

[2] Johann Heinr. Voß.

[3] Friedr. Wilh. Riemer, Hofmeister von Goethes Sohn August.

machen und dabei uns besuchen, da es ohnedem dieses Frühjahr sehr lebhaft werden wird wegen der Ankunft unseres Erbprinzen mit der Großfürstin,[3] wozu schon alle Anstalten gemacht werden, und das Schloß ist auch jetzo sehenswerth, überhaupt werden sie auch sehr viel von Spazirgängen (Spassigem) verändert und verschönert finden; auch wird in das sogenannte Hölzchen (Hölzgen) ein sehr schönes Schießhaus gebaut und da der Geheimerath Alles dazu mit einrichtet, so glaube ich gewiß, daß es gut werden wird; es soll diesen Sommer das erste Vogelschießen wieder hier sein und ich glaube gewiß, daß es brillant werden wird.

Ich werde Ihm das Alles schreiben, zu welcher Zeit dies Alles vorgeht. Da müssen Sie zu uns kommen, denn ich läugne nicht, daß [ich] Sie recht sehr wieder einmal zu sprechen (Sprächen wüste) wünschte, denn unter allen meinen jetzigen Freunden und Freundinnen ist auch nicht eines mit dem ich so von Herzen reden könnte als mit Ihnen und es giebt so Mancherlei wovon wir noch nicht zusammen gesprochen haben. Das Beste ist, daß der Geheimrath jetzo wieder recht heiter und vergnügt ist, diesen Anfang aber vom Jahr war er wieder sehr krank. Er arbeitet den Götz von Berlichingen für das Theater um und wir freuen uns alle schon auf die Aufführung; auch ein neues Stück von Schiller wird einstudirt, Wilhelm Tell, wovon ich Ihnen so bald es aufgeführt wird, einen Zettel schicke; ich will auch sehen, wo der Herr H.... (?) zu erfahren ist und dann das Waschwasser (waswasser) sogleich besorgen. Ihre Freundin die nie vergißt ihren Freund

Christiana

V.

VIII.

Weimar, 12. April [1805].

Lieber Freund!

ich bin fest überzeugt, daß Sie es gewiß wissen, daß es weder leichter Sinn (lichter sin) [ist] noch daß ich Ihnen vergessen hätte weil ich nicht geschrieben habe, sondern die traurige Lage in der ich mich befinde. Der Geheimrath hat nun seit einem Vierteljahr fast keine gesunde Stunde gehabt und immer Perioden (Prrioden), wo man denken muß, er stirbt. Denken Sie [sich] also mich, ich die außer Sie und dem Geheimrath keinen Freund auf dieser Welt habe, und Sie lieber Freund sind

[3] Erbprinz Karl Friedrich und Großfürstin Marie Paulowna von Rußland.

wegen der Entfernung für mich doch so gut wie verloren. Sie können sich denken wenn so ein unglücklicher Fall käme und ich so ganz allein stünde (Stüdt), wie mir zu Muthe ist, ich bin wahrhaftig ganz auseinander. Und dann kommt noch dazu, daß die Ernestine[1] (Ermedine) sich abzehrt und auch dem Grabe sehr nahe ist, und die Tante[2] ist auch sehr schwach, es ist also die ganze große Last der großen Haushaltung auf mich gewälzet und ich muß fast unterliegen. Es wollen (wallen) zwar die Leute behaupten, man sehe es mir nicht an, aber lange kann es doch nicht so fortgehen. Und hier ist kein Freund, dem ich so Alles was mir am Herzen liegt, sagen könnte, ich könnte Freunde genug (gnuch) haben, aber ich kann mich an keinen Menschen wieder so anschließen und werde wohl so für mich allein meinen Weg wandeln müssen.

Vor 2 Tagen begleitete ich August, der mit einer Gesellschaft nach Frankfurt geht zur Messe, bis Erfurt; ich verließ den Geheimrath wohl. Ich war kaum ein Paar Stunden (bar Stude) da, als ich einen Boten erhielt, daß er sich sehr übel befände; ich reiste gleich zurück und fand ihn sehr schlecht. Jetzo daß ich Ihm das schreibe, befindet (befnde) er sich durch Hülfe des H. Hofrath Stark[3] besser, aber (anb) nicht außer Bette und stelle mir nichts Gutes vor. Wenn Sie mir auf diesen Brief antworten, so adressiren Sie ihn an meinen Bruder oder an die Frau Doctorin Buchholz[4] weil ich weiß, der Geheimrath hat es nicht gern wenn ich was von seiner Krankheit schreibe. Ach Gott wenn Sie nur hier wären. Ich glaube die Ärzte kennen seine Krankheit nicht recht, oder es ist ihm nichtmehr zu helfen. Ich weiß gar nicht was ich denken soll, der Zufall kommt gewöhnlich alle vier Wochen mit den größten Schmerzen, wobei er gewiß noch unterliegen muß. Ich glaube es sind Hämorrhoidalumstände (Hemeroldalumstän), denn der Schmerz ist im Unterleibe, aber Stark will nichts wissen; ich bitte Sie aber nochmals wenn Sie mir auf diesen Brief antworten, den Brief nicht geradezu an mich zu adressiren weil er sonst immer in seine Hände kommt. Wenn dieser Brief nicht so geschrieben ist als er sollte, so verzeihen (verzim) Sie es einer Krankenwärterin, soeben als ich dieses schreibe, schläft er ein Bischen. Schreiben Sie mir aber ja recht bald einen tröstlichen Brief und schreiben Sie mir ob es denn wohl noch möglich sei, Sie noch einmal zu sehen, und dies ist nur noch mein einziger Wunsch (Einstiger Wusche). Denn ob ich gleich nicht geschrieben habe, vergeht doch kein Tag wo nicht von

[1] Ernestine, Schwester der Christiane V. starb 1806, 7. Jan.

[2] Eine Tante der Christiane und Ernestine wohnten in einem Hinterhause bei Goethe.

[3] Joh. Christ. Starck, herzogl. sächs. geheime Hofrath und Heilarzt zu Jena. Wurde um Mitternacht von Jena an das Krankenlager berufen.

[4] Vermuthlich die Frau des Geh. Medicinalraths Dr. Buchholz.

Ihnen gesprochen wird, auch der Geheimrath spricht immer von Ihm und alle morgen so wir auf und [ich] in mein Zimmer komme, ist es mir als müßt' ich Ihr Bild grüßen. Leben Sie wohl, ich bin noch immer wie ich war ewig Ihre Freundin

C. V.

IX.

Ihr letzter Brief, lieber Freund, hat mir sehr viel Freude gemacht, weil ich daraus ersah, daß Sie doch auch noch mit Herzlichkeit (herzlich keid) an uns denken. Bei uns vergeht kein Tag nicht wo wir nicht an Ihn denken und auch immer von Ihm sprechen; ich habe aber auch keinen andern Wunsch als den, nur einige Tage wieder mit Ihm zu sprechen, denn was Alles in der Zeit bei uns vorgegangen (vor gegam) ist, läßt sich nicht schreiben. Aber diese Freude wird mir wohl nie wieder werden. Der Geheimrath befindet sich wieder etwas besser, aber das Übel kommt doch immer wieder und man ist so zu sagen keinen Augenblick sicher davor, ich lebe in lauter Angst. Seit einiger Zeit ist es bei uns von Fremden nicht leer geworden. Der Professor Wolf[1] von Halle mit seiner Tochter war 14 Tage bei uns, Jakobi[2] mit seiner Schwester ist erst seit gestern von hier weg, es will ihn Alles besuchen. Hummel (humnel)[3] der Mahler aus Cassel der hat mir bei einem Spaziergang (ein Spazfir ganc) nach Tiefurt[4] sehr viel Gutes von Ihm erzählt und ich habe mich recht gefreut, wieder so viel von Ihm zu hören. Und für den schönen Lachs danke ich Ihnen sehr, der Geheimrath befand sich, als er ankam, recht wohl und hat sehr viel davon gespeiset. Auch habe ich den Gästen davon vorgesetzt. Gestern erhielt der Geheimrath Briefe von Halle daß der berühmte (bewüdc) Gall[5] seine Vorlesung (forläß) nun anfängt; und heute um 4 Uhr (nur) gehen wir nach Lauchstädt und von da nach Halle. Mit [der] nächsten Post erhalten Sie die neuesten Arbeiten (abriden) von Goethen. Und weil ich da mehr Zeit habe, will ich ihm von dort aus schreiben. Etwas habe ich noch zu bitten,

[1] Friedr. August Wolf, Professor der Philologie in Halle.

[2] Friedr. Heinrich Jakobi, Professor der Philosophie in Halle.

[3] Johann Erdmann Hummel, später Professor a. d. Akademie zu Berlin.

[4] Tiefurt, Pfarrdorf mit großherzoglichem Park und Lustschloß bei Weimar.

[5] Franz Joseph Gall, der bekannte Anatom und Phrenolog, dessen Vorlesungen Goethe mit großer Theilnahme beiwohnte. Als dieser während derselben erkrankte, hielt jener ihm die versäumten Stunden nach.

das ist, haben Sie doch die Güte, mir wieder 50 Pfd. Butter zu schicken und schreiben Sie mir recht bald wieder. Ich bin wie immer

Weimar 2. Juli (1805). Ihre Freundin C. V.

X.

(Anfang 1806.)

Da ich Sie, lieber Doctor so lange auf einen Brief von mir habe warten lassen, will ich Ihnen trotz meiner Geschäfte selbst schreiben; meine Arbeiten und Bemühungen (benüngen) häufen sich alle Tage mehr und ich komme fast den ganzen Tag nicht zu mir selbst; und wegen der Preußen[1] die bei uns sind, haben wir alle Tage etliche Officiere zu Tische und auch welche im Hause. Und nun kommt noch dazu, daß ich dieses Alles ganz allein besorgen muß. Denn die gute Ernestine hat ausgelitten und ihr Wunsch, Sie lieber Freund noch einmal hier zu sehen, ist nun für diese Arme auf immer dahin. Sie können sich denken, wie unaussprechlich (unaus Sprächlich) leid mir es thut, daß für diese Jugend keine Hilfe mehr war. Die Tante ist auch ganz stumpf (Stumf) geworden und ich fürchte auch sehr für sie. Mit dem Geheimrath geht es wieder leidlich (lietlich), aber ich fürchte auch nur, daß es Flickwerk ist. O Gott, wenn ich mir denke daß eine Zeit kommen könnte, wo ich so ganz allein stehen könnte, das verdürbe mir manche frohe Stunde. Außerdem würden Sie aber wenn wir uns wieder sehen sollten, [mich] wenig verändert finden, die Tanzlust und Alles ist noch wie sonst, nur das ist der Unterschied, daß ich etwas stärker geworden bin, und wenn es das Schicksal zuließe, wäre ich noch immer so heiter als sonst. Dann (denn) aber vergeht auch nicht ein Tag wo nicht, lieber Freund, von Ihnen gesprochen wird und meine jungen (jugem) Freundinnen beim Theater diese möchten alle den Herrn der in meinem Zimmer hängt, kennen lernen. Doch diesen Wunsch, Sie noch einmal zu sehen, habe ich nun beinahe auch aufgegeben, denn da Sie so viele Patienten (bazienden) haben, so ist es gar keine Möglichkeit. Doch will ich hoffen. Für (frü) die überschickten (übersükenden) Neunaugen bin ich Ihnen sehr viel Dank schuldig, sie waren ganz vortrefflich. Aus Ihrem Briefe sehe ich, daß Sie uns noch Butter schicken, wo ich für Ihre gütige Besorgung sehr danke.

Sollte die nächst ankommende sehr gut sein, so haben Sie die Güte, mir nur noch ein Fäßchen zu schicken, schreiben Sie uns Alles auf und dann werden

[1] Preußische Einquartirung, Beginn des Jahres 1806.

wir uns schon berechnen (berähem), und an Egloffsteins schicken Sie mir nur selbst eine Anweisung (anwisung). Geist hat kein Geld von Egloffsteins bekommen, ich will es aber gleich besorgen. Und sollten Sie auch einmal was von uns wünschen, ich werde es mit dem größten Vergnügen besorgen.

Der Geheimrath und August grüßen herzlich und beide werden bald schreiben.

Leben Sie recht wohl und schreiben Sie bald

Ihrer Freundin

Christiana Vulpius.

XI.

Lieber Doctor,

den Verlust den ich von Neuem erlitten habe,[1] hat Ihnen mein Bruder schon geschrieben, ich bin aber noch ganz untröstlich darüber und dazu kommt noch immer die Sorge um den guten Geheimrath mit dem es doch auch noch immer auf der Spitze steht. Die Unruhe ist die Ursache meines Schweigens. Die Butter und der Franzwein sind sehr gut und wir danken Ihnen für Ihre gütige Besorgung. Wenn Sie von beiden Gelegenheit haben, uns noch Etwas zu schicken, besonders von dem Franzwein, der bekommt dem Geheimrath gut. Die Landschaft ist eingepackt und wartet nur auf einen Fuhrmann. In allen meinen Leiden hat mir die Todtenfeier[2] von Schiller sehr viel Freude gemacht. Die Verse sind hier sehr gelobt worden und es hat hier viel Aufsehen gemacht, mein Exemplar ist garnicht im Hause geblieben und ich kann es noch nicht wieder bekommen. Es ist aber auch recht gut und ich habe mich sehr gefreut, wieder Etwas von Ihnen zu sehen, ob ich mich gleich oft, welches Sie wohl nicht glauben, mich mit Ihren gedruckten und geschriebenen Briefen und Gedichten unterhalte. Ihre Briefe von Jena, die doch alle in einer gewissen Folge geschrieben sind, machen mir, wenn ich sie lese, viel Freude, besonders die Erinnerung wie ich mit der Tante in dem kleinen Gartenhäuschen wohnte und

[1] Durch den Tod ihrer Tante Juliana Augusta Vulpius, gest. 1. März 1806 im Alter von 72 Jahren.

[2] „Schillers Todtenfeyer auf dem Theater zu Bremen“ (gedruckt daselbst bei D. Meyer 1806) gedichtet von N. Meyer.

wir nach der Leuchtenburg[1] und allen den Gegenden reisten. Dies ist meine Unterhaltung wenn ich allein bin, aber ich mache mir jetzo auch alle mögliche Zerstreuung, tanze, habe Gesellschaft und habe jetzo sehr viele Bekanntschaften von Herrn und Damen, aber es fehlt mir immer was, und ich glaube es ist nur der einzige Wunsch, noch einmal ehe ich sterbe mich mit Ihnen zu unterhalten. Da ich aber immer mehr die Unmöglichkeit einsehe, so soll es auch blos bei Wünschen bleiben; und es ist immer angenehm, wenn man noch Etwas zu wünschen hat — — Wenn Sie den August einmal sehen sollten, da würden Sie sich sehr verwundern, der ist sehr groß und stark geworden und spricht auch immer sehr viel von Ihnen, der wird Sie gewiß bald einmal besuchen. Jetzo wird er eine Reise nach Berlin machen. Die Egloffsteins wollen nichts davon wissen, daß Sie noch Etwas zu fordern haben, sie haben mir es wie Geist gemacht und gesagt, Sie irrten sich. Die Uhr werde ich in einigen Tagen erhalten und Sie Ihnen mit Post schicken. Wenn nur bald ein Fuhrmann käme, daß Sie auch die Landschaft erhielten. Der Geheimrath empfiehlt sich Ihnen und Sie werden bald Etwas von ihm hören. So auch August; leben Sie recht wohl und denken zuweilen an Ihre Freunde die Sie alle herzlich lieben.

Ihre Freundin

Weimar, 1. April [1806]. **Christiana Vulpius.**

XII.

1807.

Lieber Doctor!

Daß es mit dem Schreiben mit mir noch immer schlecht bestellt ist, wissen Sie besser als daß ich mich deswegen zu entschuldigen brauche wegen meines Schreibens, und nie werde ich einen mir so theuren Freund als Sie mir sind vergessen; und mit neuen Freundschaften ist es der Fall auch nicht. Aber erst gestern bin ich von Lauchstädt zurückgekommen, wo [es] dieses Jahr sehr brillant war, es ist trotz der Stärke doch wieder viel getanzt worden. Bei meiner Ankunft habe ich mich des schönen Porcelans[2] gefreut, wovon nichts als ein Teller entzwei war. Der Geheim-

[1] Vermuthlich das auf hohem Berge der Stadt Kahla gegenüber gelegene Zucht-, Irren- und Armenhaus.

[2] Goethe ließ sich durch N. Meyer ein Service Wedgwood schicken, welches er im Januar 1807 bestellte.

rath den ich in 14 Tagen erwarte, wird sich gewiß auch sehr darüber freuen und ich will Ihnen von mir einstweilen den schönsten und besten Dank dafür sagen, so auch für die schönen Häringe. Was unsere Rechnung betrifft, werde ich wohl auch nicht viel wissen, ich glaube es ein Bischen aufgeschrieben zu haben, kann es aber nicht gleich finden, Sie werden gelegentlich auch nachsehen. Wegen der Schriften und Landschaften soll Alles, sobald Goethe kommt, besorget werden und gleich sollen Sie Beides erhalten.

Nun aber auch ein Wort von Ihrer lieben Frau. Ich freue mich sehr, daß sie sich bei diesen Umständen so wohl befindet und ich wünsche, daß Alles recht gut von Statten gehen, noch auch daß Beider Wunsch wegen des kleinen Prinzen in Erfüllung gehen möge. Grüßen Sie sie herzlich von mir und schreiben Sie mir ja gleich wie es steht, wenn es so weit ist; und ich bitte daß Sie mich Beide in gutem Andenken behalten möchten. Sobald Riemer[1] wieder kommt so sollen Sie einen ausführlichen Brief haben. Denn mit meinem Schreiben sieht es immer schlechter aus weil ich fast garnicht schreibe. Mit August habe ich es besorgt und hoffe, daß er es auch gut besorgen soll.

Leben Sie recht wohl und lassen Sie recht bald wieder was von sich hören, aber werden Sie nicht wieder krank, damit Sie Ihr liebes Weibchen recht gut warten können.

Ihre Freundin

C. v. Goethe.

Wenn Sie die Güte haben wollen und mir 50 Pfund Butter besorgen wollen, so werden Sie mir einen großen Gefallen thun, wir wollen uns alsdann schon berechnen.

---

[1] Christiane pflegte Riemern ihre Briefe zu dictiren.

Nicolaus Meyer.

An diesen Namen sind außer den vorliegenden Briefen auch eine Reihe solcher von Goethe und seinem Sohn gerichtet, aus denen ein inniger Zusammenhang der beiden Häuser erhellt. In den Goethebiographien wird er nur flüchtig erwähnt. Um so lieber sprechen wir eingehend über einen Mann, dem der engere Kreis der Goetheverehrer manches Interessante, die Menschheit aber, wie wir sehen werden, sehr viel zu verdanken hat.

Nicolaus Meyer, Sohn des Senators Heinrich Hermann Meyer und der Sophie Katharina Mindemann aus Bremen wurde am 29. December 1775 daselbst geboren. Schon in früher Jugend verlor er seinen Vater, aber die feingebildete Mutter gab ihm im Dichter Krummacher einen trefflichen Erzieher und leitete mit diesem seine Ausbildung, bis er in seinem fünfzehnten Jahre das Pädagogium in Halle und später die Universitäten Kiel und Jena besuchte und an der letztern 1800 als Arzt, Wundarzt und Geburtshelfer promovirte. Von hier aus besuchte er Goethe. „Der Name einer geachteten Familie, seine liebenswürdige Persönlichkeit und seine Begeisterung für Goethe waren Alles was er zum ersten Besuch mitbrachte, bei dem er eine so freundliche Aufnahme fand, daß er nun in Jena jede freie Zeit benutzte, nach Weimar zu gehen. Den größten Theil des Winters 1799—1800 brachte Meyer in Goethes Hause zu."[1] Hier schrieb er seine Dissertation zur vergleichenden Anatomie „Prodromus anatomiae murium", welche in fachmännischen Kreisen hohe Würdigung gefunden hat und nach welcher Blumenbach

[1] Freundschaftliche Briefe von Goethe und seiner Frau an Nicolaus Meyer, Leipzig, Herm. Hartung, 1856.

und Cuvier einen neu entdeckten Knochen os transversum Meyeri nennen. Die naturwissenschaftlichen Sammlungen Goethes wurden dabei benutzt, nicht minder sein Kochherd, auf dem „zum Entsetzen der kleinen Freundin Vulpia“ die Präparationen der Mäuse etc. vorgenommen wurden, deren zierliche Skelette dann auf dem Dach des Hauses zur Bleiche kamen.

Hier während dieses Aufenthalts war es, wo der ethisch angelegte Jüngling eine seine Anlage noch steigernde Anregung zu Kunst und Wissenschaft, zum Edlen und Schönen empfing. Die Einwirkung dieses Kreises war auf seine Richtung für alle Zeiten entscheidend. Nach längerem Aufenthalt in und um Weimar, nach verschiedenen Reisen auf denen er mannigfache Gelegenheit zu bildenden Beziehungen mit hervorragenden Persönlichkeiten fand, nachdem er die Direction eines fliegenden Lazareths mit Auszeichnung verwaltet hatte, nach einem Aufenthalt in Würzburg endlich, wo ihn Langenbeck und Siebold zurückgehalten hatten, rief ihn der Wunsch der Seinen nach Bremen zurück. Hier fesselte ihn rasch eine bedeutende Praxis und der freundschaftliche Verkehr mit Männern wie Ricker, Olbers, Treviranus und Albers. Mit Letzterem gab er eine Preisschrift über den Croup heraus, die den ersten Preis erhielt, den Napoleon dafür ausgesetzt hatte.

Neben derartiger Thätigkeit fand der vielseitige Geist noch Muße zu literarischen und dichterischen Arbeiten, mit denen er bis in seine spätesten Tage sich und Andern das Leben anmuthig durchwob. Er leiht dem starken Zuge zur Poesie bezeichnenden Ausdruck in den Versen:

„Köstlich mundet Rebensaft
In der Freunde Kreise,
Ob ich gleich der Mägdlein Kuß
Ungleich höher preise:
Doch das lieblichste Geschenk
Ist der Klang der Leyer. —
Kann ich dieser drei mich freu'n
Ist kein Thron mir theuer!

Aber Bacchus weckt in mir
Süßer Triebe Gluthen;
Und die Liebe stürzt mich dann
In des Sanges Fluthen;
Seinen Priestern giebt Apoll
Ew'gen Ruhm auf Erden:
Wehe! Könnt' ich diesen drei'n
Jemals treulos werden!

Spräche der Tyrann: — „Den Wein
Laß!“ — ich würd' ihn lassen;

Spräch' er: — „Lieben sollst Du nicht!“
  Krank, — würd' ich es hassen.
Spräch' er: „Wirf die Leyer hin!“
  — Lieber mein Verderben! —
„Fort die Leyer, oder stirb!“ —
  Singend würd' ich sterben!“

Gerne legte er die Gaben seiner gefälligen Muse Goethe zunächst vor, und auf den „Eros, poetisches Taschenbuch auf 1831“ in welchem das oben wiedergegebene Gedicht unter dem Titel „Die drei besten Gaben“ sich findet, macht Goethe die folgenden Verse:

Der neugeborne Eros.[1]

Wenn von Eros ersten Wunden
Früh der edlern Sehnsucht Zug
Glutgereinigt zu gesunden
Dich zu Phöbos Hayne trug,

Wo zu Rosen, schnell verblühend,
Deren Dorn Dich blutig stach,
Deine Hand sich ernster mühend
Daphnes schlanke Zweige brach;

Bringst dem Gott in spätern Tagen
Willig Du die Lieder dar,
Der, so Wunden er geschlagen,
Schnell bereit zu heilen war.

Zürnen kann Apoll mit nichten,
Denn auf dieser Erdenflur
Muß man lieben um zu dichten —
Wie Er selbst es einst erfuhr.

Vor des Jovis Thron umschlingen
Jene stets sich brüderlich.
Wie sie Deine Brust durchdringen,
Lieben beide Götter Dich.

Wenn die köstlichste der Spenden,
Der Genesung Balsamkraut,
Phöbos Deinen milden Händen
Sterblichen zum Heil vertraut,

Hat Dich Eros auserkoren,
Selbst zum Pflegevater hier,
Sendet, ewig neugeboren,
Seinen jüngsten Bruder Dir.

[1] Zuerst veröffentlicht in der H. Hartung'schen Ausgabe der „Freundschaftlichen Briefe von Goethe und seiner Frau an N. Meyer“.

Über das von Meyer gegründete und sechsunddreißig Jahre lang herausgegebene „Sonntagsblatt" äußert sich Goethe verschiedentlich sehr günstig. Unter Anderem schreibt er 1827:

„Mir ist besonders angenehm zu sehen, daß Sie und Ihre Freunde umsichtig auf dasjenige wirken, was zunächst erfordert wird, was Ihrer unmittelbaren Umgebung Nutzen bringt. Hierdurch unterscheidet sich Ihr Bestreben von so manchen deutschen Zeitblättern, die nichts Besonderes, Eigenthümliches beabsichtigen, vielmehr in's Allgemeine gehen und dadurch einander völlig ähnlich werden, anstatt daß sie sich zu wechselseitiger Wirkung bemühen sollten, ihren Charakter verstehend, ihre Bedürfnisse sowie ihre Leistungen anschaulich zu machen."

Von seinen größern prosaischen Schriften erwähnen wir noch die Romane „Victor" und „Leonore", die Novellen „Eduard" und „Briefe an Elise"[1] sämmtlich feine psychologische Probleme mit Sicherheit behandelnd und freundlich lösend, in Sprache, Gefühlsweise und Form lebhaft an eine Zeit gemahnend, für die uns „Werther" der bezeichnendste Ausdruck bleibt; ja mehrfach an eben diesen Werther erinnernd, wenn gleich durchaus individuell, maßvoll und harmonisch empfunden.

Unter Meyers zahlreichen Dichtungen greifen wir zunächst nach dem wirklich klassischen „Naturhistorischen Bilder- und Lesebuch" über dessen Entstehung sich in seinem Handexemplar folgende Notiz von eigener Hand befindet:

„Eines Morgens (1800) zeigte mir Goethe mehrere sauber gestochene und colorirte Blätter naturhistorischer Gegenstände, welche der mir befreundete tüchtige Zeichner und Kupferstecher Horny angefertigt, ohne denselben jetzt eine Bestimmung geben zu können; weshalb er sich bei Goethen Raths erholt hatte. Bekannt mit meiner Gewandtheit einen gefälligen Vers zu schaffen und in gebundener Rede klar etwas darzustellen, machte mir Goethe den Vorschlag, eine erläuternde, versificirte Erklärung zu den Bildern zu schreiben, und so zur Herausgabe eines kleinen, sich von den gewöhnlichen vortheilhaft auszeichnenden Bilderbuches Veranlassung zu geben. Mit Lust machte ich mich an die Arbeit, und vollendete in wenigen Tagen, die Vorrede, die Einleitung und die versificirte Erklärung der 13 ersten Kupfertafeln. Bald darauf trat ich meine Reise an. Indeß hatte Horny die 14. noch folgende Tafel der Mineralien auch beendigt, welcher nun Goethe selbst die poetische Erklärung hinzufügte."

Der Verleger (Frommann in Jena) ließ vom bekannten Jugendschriftsteller Glatz noch Erzählungen in Prosa an die ungemein schön und anschaulich gestochenen

[1] Die beiden letztern in dem nach Inhalt und artistischer Ausstattung gleich schönen und interessanten, von N. Meyer herausgegebenen Almanach für das Jahr 1802.

Tafeln anknüpfen, und bildet das Ganze ein Buch, welches als ebenso anziehend wie belehrend gerühmt werden muß.

Ferner liegen noch vor: „Kalloterpe", polemisches Drama; „Blüthen"; „Schillers Todtenfeier zu Bremen"; „Bardale", Gedichte aus der Zeit der Freiheitskämpfe; eine Übersetzung von „Hennink der Hahn, ein altdeutsches Heldengedicht" von F. C. Renner. Übersetzt, mit Vorrede und Abdruck des Originals; eine Thierfabel im Manuscript und mehrere Bändchen Gedichte, — Alles warm und wahr empfunden und in fließender Form. Als Beispiel geben wir das Gedicht, welches er mit einer von Schillers Verehrern gestifteten silbernen Vase von Bremen aus an Schillers Wittwe sandte.

„Still ist die Nacht, wenn Schimmer goldner Sterne
Vergessenheit in unsre Seele streut! —
Wirst Du's verzeihn, wenn Dir aus weiter Ferne
Der Freunde Wort den stillen Schmerz erneut?
Ja! Du verstehst uns, und Du nimmst es gerne,
Was treuen Sinns gewohnte Ehrfurcht beut.
Verweilend noch am ernsten Sarkophage,
Empfängst Du, spät noch, gern der Freunde Klage.

Nicht Du allein hast Ihn so früh verloren,
Es ist ein ganzes Volk das mit Dir weint;
Uns allen ward der Herrliche geboren,
Der uns mit Dir am Sarkophag vereint.
Zu früh entführt' Ihn uns der Flug der Horen
Dahin, wo ihm kein Wandel mehr erscheint —
Aus seines Lebens schmerzerfülltem Thale
Entfloh Er in das Reich der Ideale!

Dir war allein das schöne Loos beschieden,
Den rauhen Pfad mit Blumen Ihm zu streun;
Dich fand er unter Tausenden hienieden,
Um sich in Dir des Lebens zu erfreun.
Dir war das Glück, den edlen Mann dem Frieden,
Dem stillen Glück' im kleinen Kreis zu weihn.
Du knüpftest Ihn mit Liebe an das Leben,
Hast Ihm ein neues Vaterland gegeben.

Doch hat Natur uns feindlich viel entzogen
Und grünen uns des Lorbeers Kränze nicht,
So lauschten doch der Weser gelbe Wogen
Nicht fühllos Seinem göttlichen Gedicht.
Auch unsre Klage ist Ihm nachgeflogen,
Denn wir erglühten auch in Seinem Licht;

Und in des Ernstes würdevollem Spiele[1]
Zeigt unser Herz, wie tief mit Dir es fühle!

Drum laß uns gern den Schmerz in Dir erneuen,
Der nicht so schnell vom wunden Herzen flieht!
Es soll mit stillem Troste Dich erfreuen,
Daß auch in uns Sein Angedenken glüht.
Dir wollen wir dies kleine Denkmal weihen —
Und wenn Dein Blick es schmerzlich gerne sieht,
So laß uns nicht den süßen Trost entbehren,
Daß wir in ew'gem Schmerz Dir angehören."

Im Jahre 1806 verband sich Meyer mit der trefflichen und schönen Sophie Doris Elisabeth Meyer, die das Wirken des Arztes und Menschenfreundes werkthätig unterstützte und den edlen Geist ihres Wesens so wirkungskräftig in Familie und Haus verbreitete, daß dieses bald ein Sammelplatz für Alles war, was Anspruch auf Bedeutung erheben konnte. Goethe schickt ihr noch in alten Tagen eine Haarlocke in goldner Kapsel und schreibt von ihr:

„Daß Ihre liebe Gattin noch als Mutter die Zierde jedes Kreises bleiben würde, ließ sich voraussehen. Grüßen Sie solche schönstens mit Erinnerung an die guten Weimar-Jenaischen Stunden.

„Die Hochzeitsreise führt das junge Paar nach Weimar. Nach achttägigem, genußreichem Aufenthalte im Hause Goethes erhält es von ihm ein freundliches Geleit bis Jena, speist dort bei ihm auf dem Schlosse und lauscht mit Ergötzen den Erläuterungen seiner Farbenlehre. Zum Abschied wird den Freunden eine Karte übergeben, die ihnen in Lauchstädt Goethes Theaterloge eröffnet; ihre Anwesenheit dort aber wird — so hatte es Goethe veranstaltet — durch eine Aufführung des Götz von Berlichingen geehrt." [2]

Auch durch die Ferne spannen sich die Beziehungen auf's herzlichste fort und wurden durch häufige Sendungen und Gegensendungen von Berichten, Kunstproducten, Leckerbissen etc. lebhaft aufrecht erhalten, wie aus den zweiundfünfzig in der Hartung'schen Ausgabe veröffentlichten Zuschriften Goethes an Meyer hervorgeht. Bei allem Neuen gedenkt Jener des Freundes. Im October 1804 schreibt er:

„Wilhelm Tell erscheint nach meinem Versprechen hier sogleich, ich wünsche daß mir der Buchhandel nicht zuvorkömmt. Dieses fürtreffliche Werk an dem Sie große Freude haben werden, sollte nach meinen Absichten in jenen Gegenden zuerst in Ihren Händen sein."

[1] Nicolaus Meyer hatte zu Schillers Todtenfeier in Bremen eine große dramatische Aufführung auf dem dortigen Theater veranstaltet. (Schillers Todtenfeier. Von N. M. Gedruckt bei D. Meyer 1806.)

[2] Ausgabe der „Freundschaftlichen Briefe" H. Hartung.

Nach einer Entschuldigung wegen längeren Schweigens:

„Demohngeachtet bleiben Sie überzeugt, daß Vater, Mutter und Sohn Ihrer oft mit wahrer Theilnahme gedenken und daß es immer ein Fest ist, wenn Etwas von Ihnen ankommt."

Die Nachricht von seiner Vermählung theilt Goethe dem Freunde am 20. Oct. 1806 mit:

„Wir leben! unser Haus blieb von Plünderung und Brand wie durch ein Wunder verschont. Die regierende Herzogin hat mit uns die schrecklichen Stunden verlebt. Ihr verdanken wir einige Hoffnung des Heils für künftig, sowie für jetzt die Erhaltung des Schlosses. Der Kaiser ist angekommen am 15. Oct. 1806. G.

Merkwürdig ist es, daß diese Tage des Unheils von dem schönsten Sonnenschein begleitet und beleuchtet waren.

Um diese traurigen Tage durch eine Festlichkeit zu erheitern, habe ich und meine kleine Hausfreundin gestern, als am 20. Sonntag nach Trinitatis den Entschluß gefaßt, in den Stand der heiligen Ehe ganz förmlich einzutreten; mit welcher Notification ich Sie ersuche, uns von Butter und sonstigen transportablen Victualien manches zukommen zu lassen. Auf Ihren lieben Brief folgt nächstens in ruhigern Stunden eine umständlichere Antwort."

1817 dankt Goethe, daß ihm Meyer die Gelegenheit gebe, „auch von seiner Seite die Versicherung alter treuer Freundschaft zu wiederholen".

Am Gedeihen von Meyers Kindern nimmt Goethe warmen Antheil. Dem ältesten Sohn Wolfgang war er Pathe. „Der beiden ältern Söhne erster Ausflug war eine Reise zu Goethe ..... Besondere Aufmerksamkeit widmete er dem jüngeren Sohne Carl Victor, dessen Geist und Jugendschönheit ihn in gleicher Weise anzogen. Goethe ließ das Porträt des Jünglings für seine Sammlung zeichnen und theilte von Herzen die Freude des Vaters an dem Sohne, der „„so mannigfaltig entschieden talentvoll sich beweist"", dessen Epos (Armin) „„Bewunderung und allen Beifall erregt"". (H. Hartung'sche Ausgabe.) Mehrere inhaltschwere Briefe Goethes an Carl Victor liegen vor. Dem angehenden Künstler schrieb er in das Album:

„Angedenken an das Schöne
Ist das Heil der Erdensöhne."

Zur Erlernung der Bildhauerkunst hatte ihn Goethe an Rauch empfohlen. Als dieser bald darauf über eine Aufgabe für den siebzehnjährigen Schüler sann, bat er schüchtern, Goethes Kopf aus der Erinnerung modelliren zu dürfen. Rauch sah ihn scharf an und sagte: „Junger Mann, lernen Sie vor Allem Bescheidenheit". Aber der Eindruck den Goethe auf den Jüngling gemacht hatte, verfolgte ihn unablässig und in aller Stille schuf er die Büste. Er brachte sie dem Lehrer, der nun stutzte. — In der Folge schrieb er mit Bezug auf diese Arbeit an Nic. Meyer: „Ihr Sohn wird uns alle überflügeln".

Es war aber anders beschlossen. — Er starb im zwanzigsten Jahre, nachdem ihm sein Bruder um wenige Wochen vorangegangen war.

Meyer seinerseits sucht unaufhörlich seiner Verehrung und Dankbarkeit gegen Goethe Ausdruck zu verleihen, indem er willkommene und seltene Geschenke zu finden weiß, mit denen er denn auch der Gründer mancher der zahlreichen Sammlungen Goethes wurde. Neben vielem Einzelnen waren es seltene Münzen, auserlesene Naturalien und kostbare italienische Majolika-Geschirre, die Meyer aus dem Welser-schen Familienbesitz erstanden hatte. Diese ließ Goethe bei einer Anwesenheit Meyers zu einem festlichen Mahl verwenden. Herzog Karl August schlug sich betroffen auf's Knie und sagte: „Donnerwetter, wo hast Du das her?"

„„Dazu hat man seine jungen Freunde"".

„Na, wenn Sie wieder so was finden", wandte er sich an Meyer, „dann denken Sie an mich, der unverschämte Goethe steckt alles ein".

Als Meyer sich mit Rücksicht auf seine erschütterte Gesundheit gezwungen sah, Bremen zu verlassen, wurde er nach Weimar berufen. Schöne Aussichten eröffneten sich ihm dort, der Großherzog ernannte ihn zum Rath, ein Haus in der Nähe des Goethe'schen war schon angekauft, — da traten Kriegsereignisse störend dazwischen und Minden wurde zunächst zum Aufenthalte gewählt, wo ihn verwandtschaftliche Bande hinzogen.

Hier war es, wo er im vollen Sinne des Wortes ein Wohlthäter des Orts und der Umgegend wurde, wo er feste Wurzel faßte und verschiedentlich die glänzendsten Anerbietungen ausschlug, um Diejenigen nicht zu verlassen, die sich um ihn geschaart hatten. Rasch nacheinander wurde er zum Kreisphysikus, zum Regierungsmedicinalrath, später zum Geheimrath ernannt. Die großen Räume seines Hauses boten Sammlungen von Kunst- und Kunstgewerbeschätzen, von Naturalien und Seltenheiten, für die selbst aus andern Welttheilen die Ergänzungen geholt wurden. Eine Reihe wohlthätiger Vereine rief er hier in's Leben. Seine Gattin gab ihre Juwelen fort um den dortigen Frauenverein zu stiften, ihm widmete er unermüdlich seine Kraft. Heute noch trägt ihren Segen die Suppenanstalt für Arme und Kranke, die er größtentheils aus eigenen Mitteln gegründet hat. Ebenso die Stiftung zur Beschaffung für Feuerung, die auf seine Anregung, seine Gaben und Sammlungen von der Behörde eingesetzt worden ist. Ein Krankenarbeitshaus und ein Verein zur Unterstützung bei Todesfällen haben seither ihre Wirksamkeit eingestellt. Der zahllosen Wohlthaten nicht zu gedenken, die die Rechte giebt ohne daß die Linke darum weiß. Dabei kam es freilich vor, daß Meyer für sich selbst in Verlegenheit um einen Rock oder ein Stück Wäsche war, wenn die durchziehenden Armen zu rasch nach einander vorgesprochen hatten, denen er nach gewährter Ruhe und Zehrung die alten Kleider abnahm und von den seinigen dafür umhängte. In der Eile wurde Einer sogar mit dem aufgenähten Ordensband zur Thür hinausgeschoben. Auch Heinrich Heine — damals noch ungekannt und unberühmt — zog in den Kleidern Meyers wieder in die Weite, nachdem er von diesem auf einer Reise getroffen und mit nach Hause genommen worden war. — Sein besonderes Augenmerk richtete er auf die aufkeimenden Talente, einer Reihe von ihnen gab er die Möglichkeit, sich zu entfalten. Nicht umsonst führte er den Namen „Vater der Armen", sie fühlten sich geborgen, solange er unter ihnen war. Und so ist es nicht zu berechnen, was dieser wahrhaft edle Mann für das Gemeinwohl, für den Staat gethan hat.

Die Seinigen aber blieben dabei vergessen, wiewohl gerne und mit warmem Herzen dem großen Zuge dieses Mannes ergeben. Als er an einer kurzen Krankheit, die er sich in Ausübung seines Berufs zugezogen hatte, im achtzigsten Jahre gestorben war, ging ein Schrei des Schmerzes durch das verwaiste Haus. Es war nicht die stillere Trauer der Seinigen, die es nun verlassen mußten, um in strenger Selbstbeschränkung das Erbe seiner Selbstlosigkeit anzutreten. Es war die Äußerung der bittern Hoffnungslosigkeit der Armen, die schluchzend auf den Treppen lagen und es nicht wollten, daß dieser Mann ihnen entrissen sei! —

schon seit 8 Tag wieder bin ich mit dem gesamten [illegible] und [illegible]
in [illegible] und jeden Tag habe ich Ihnen schreiben wollen
aber [illegible] wird gebadet alles dann muss man doch gehen
und dann geht es zu Tische von da [illegible] gelaufen und geht in das
Theater wieder zum abend essen und alles dann auf [illegible]
nach dem Ball ich [illegible] schon hier mit 6 Bällen [illegible]
sich sehr brillant [illegible] sind [illegible] jungen [illegible]
für die alte [illegible]
[illegible] aber die [illegible] sind [illegible]
[illegible] und der [illegible] ist [illegible]
[illegible] auf Bällen [illegible]
[illegible] zu [illegible]
[illegible] und [illegible] auf einem Ball [illegible]
[illegible] und [illegible]
[illegible] von [illegible] und [illegible]
[illegible] von mir und der Götz [illegible]
daß wir auch zu [illegible]
[illegible] zu [illegible]
zu [illegible] auf die Götz aber [illegible]
ein klein [illegible] zu jedem Ball werden
wir 4 bis 5 Mahl [illegible] und [illegible]
gleich [illegible] doch auf jedem Ball [illegible]
[illegible] ich [illegible] auf jeden Ball mit [illegible]
mit dem [illegible] alle [illegible]
[illegible] ich bin [illegible]
[illegible] dem [illegible] und meine [illegible]

Das Wetter ist hier sehr schön geworden. es kamen
tausend Menschen zu sehen in Festen und daß
mit ein kleines Vor-Spiell und ~~[illegible]~~ Gesang
Dieß [illegible] [illegible] [illegible] alle [illegible] [illegible]
8 hundert Menschen [illegible] [illegible] an dem Bildern
in war es sehr schön [illegible] und wir daß Vor-spielle
zu sehen dort sie [illegible] die Mütter es lebe
der größte Meister der Dichtung Göthe er hatte sich
ganz [illegible] sein [illegible] aber ich stand auf und er
auch war [illegible] sich [illegible] [illegible] kommt in
[illegible] Illuminationsscheine und dem [illegible] Deutsch
sein Bild illuminirt und seine Monument
und es war Freiheit in [illegible] [illegible] wieder
alles Illuminirt sehr dann der ganze Platz mit
Blumen Girlanden geschmückt ~~[illegible]~~. die Schöne
ist auch [illegible] [illegible] hier gewesen und hat
auch sehr viele [illegible] [illegible].
Jetz ist der ganze Herbst aus ein [illegible] Tage im Felde
ich [illegible] da ich habe [illegible] [illegible] Bekanntschaften
gemacht mit dem [illegible] des [illegible] [illegible]
[illegible] [illegible] [illegible] Mädchen sind auch mit dem
Oberlehrer [illegible] [illegible] [illegible] und
[illegible] die alle sind immer hier

in selbem hat ich auch sehr viel vergnügen auf dem berge
bey dem Mauren der sehr von weitem sieht ich über
alle in allen gegenden herum und daher hate
ich alles gesehen herumerdis und die haben mir
alle sehr viele schöne gezeigt. das hat mir bey
diesem vergnügen immer gefreut. jezt dachte
ich i ein Ausmachen wenn sein weg zu gehen.
ich habe auch immer alles gesehen. und wurden wir
nun wieder in meine Stube und sehr geschieden

Dem brief wensche dem Kinder von Nach habe ich
erst hier bekomm sehr also am ob ich
wenn ich zurück komme ab auf beschen selle
schreiben Sie mir die selle gleich schon

Sie wenst sehr und bey dem geistunen
freuden wurden sie zu willen an
ihren freunden

Theürer lieber Freünd ist die Kiste an Sie mit [illegible]
ab gegangen: und ich wünsche daß Ihnen was darin ist Freüde
machen möge. Ich bitte ob die Natürlichen Geschichte gefund(en) ist
So wie auch der Allmanach Ich sollte Sie ob [illegible] erhalten
zu dem Allmanach [illegible] auch die Werke von Schiller [illegible] zu den
[illegible] [illegible] Schiller [illegible] auf [illegible]
[illegible] und zu gleich [illegible] er sich Ihr [illegible]
er hat [illegible] für [illegible] [illegible] [illegible] von Gehöriger
Rücksicht [illegible] [illegible] [illegible] [illegible] [illegible]
überhaupt hat er sich so [illegible] als [illegible] [illegible]
in [illegible] und [illegible] gelegt und der Gehörige
Rücksicht ist [illegible] zu [illegible] mit Ihr er ist auch [illegible]
[illegible] [illegible]. die Gehörige Rücksicht [illegible] die [illegible]
[illegible] [illegible] [illegible]. [illegible] [illegible] [illegible] [illegible] [illegible]
zu [illegible] und [illegible] [illegible] [illegible] [illegible] [illegible] [illegible]
haben wir nichts [illegible] aber die Müller ist [illegible]
[illegible] [illegible] geworden [illegible] die [illegible]
[illegible] [illegible] [illegible] [illegible] [illegible]. [illegible]
[illegible]. Ich grüße. H Zimmern.

überschrieben haben ich nur einen Wunsch daß Sie
uns nächsten Winter auch wieder ein recht
besuchen und die großen Werke hier sehen
die Braut von Messina die Jungfrau von
Orleans die Natürliche Tochter und den
Fiesko welche den Winter bevorsteht ich Ihre vergnügten
Theil wie die Bühne unser Platz ist das schönen
Platz sollen Sie sehr lieb finden der eigentliche Platz wird nur verändert. —
Wir wollen in das der Garten spaziren
gehen. aber wo nun freilich Sie schöne
Freundin auch nicht ein wird. soll den
die Weinbergen ganz ein dorfen klein
und Garten Sie nur recht bald. nun
Wenn ich auch eine Bitte an Sie
haben Sie die Güte meine Liebe

30 rt wieder zu fodern ich habe in diesen
schulden wieder zu löschen.

Von dem Geheimen Rath werden Sie nicht
brauch ein brief erhalten haben. wer ihn
beschüdzt er sich in Jena ehe ich bist sondag
noch hie gehe zu ein grosse ball auf
der Rose. wozu ich freude ~~einschalen~~ kann
kein die ~~dag~~ danz lust will sich bey mir
noch immer nicht verlieren aber werden
auch wieder einsehe Verschen nach laustät gehn.

leben Sie recht wohl und vergessen
Sie mir recht bald zu und vergessen Sie ihre
freundin nicht ganz.

Christiane V

Lieber Bruder

den Brief den ich dem Herrn [illegible] geschrieben habe hat Ihnen
mein Bruder schon geschrieben ich bin aber noch
ganz untröstlich darüber und [illegible] auch immer
die Sorge um den [illegible] Geheimenrath mit
dem es doch auch noch immer auf der Sorge [illegible]
die Menschen ist die [illegible]
die Töchter und der Franz [illegible] sind sehr gut
und wir wünschen Ihnen [über] vergnügte [illegible]
Sie von [illegible] seit haben und erhalten
zu gründen [illegible] von den Franzosen der
Bestand dem Geheimen Rath gut die Gesundheit
ist [illegible]
[illegible] in allen [illegible] seit [illegible]
[illegible] von Schiller [illegible] Freude [illegible]
die [illegible] sind sie [illegible] und es ist
hier [illegible] auf [illegible] mein [illegible]
ist gar nicht wie [illegible] geblieben und ich kann
es noch nicht [illegible] es ist aber doch
recht gut und ich habe mich [illegible]
[illegible] Ihnen zu sehen es ist [illegible] gleich [illegible]

wohl nicht glauben wie ich mit Ihren gedruckten und
geschriebenen Briefen und Gedichten unterhalte Ihr
Buch den Jugend dichter in seiner geordneten
Folge geschrieben wird mehr einer wenn ich die
besten viel hundert Gedanken der Erinnerung
oder auf der Reise in den Gärten gerade entsprungen
wurde und der nach der leichtesten Ruhe und allen
den gesunden Geistern. dies ist meine Unterhaltung
wenn ich allein bin aber ich wage mir jetzt auch allerwichtig
genug dazu für Gesellschaft und habe jetzt sehr viele
Bekanntschaft den von Herren und Damen aber
es fehlt mir immer etwas und ich glaube es
ist nur der Wunsch nach einer Ohr
ich wollte ich mich Ihnen zu unterhalten.
da ich aber immer mehr die Unmöglichkeit
sehe so soll es auch lieber bey Wünschen bleiben
und es ist immer angenehm wenn man noch etwas
zu wünschen hat. — wenn dir den Kopf macht

schon gelesen da würden Sie sich sehr verwundern
der ist sehr gross und stark geworden, und spricht
auch immer sehr viel von Ihnen der weis und schon gewis
bald seine erste [illegible] Ihr [illegible]
Briefe nach Carolina nehmen. Die [illegible]
erhalten nichts davon erwähnen dass Sie
noch nicht zu [illegible] fühlen Sie schon wie
es mir [illegible] gemacht und [illegible] werden
sich. Sie werden ich [illegible]
Tage [illegible] und Ihr [illegible] viel
Lust haben. Wenn nur Carl [illegible]
hören dass Sie sich auf die Landschaft [illegible]
der [illegible] dass [illegible] sich schon
und Sie werden bald [illegible]
führen. Sie auch [illegible] leben Sie recht wohl
und [illegible] zu [illegible] von Ihrer Freundin die
Sie alle herzlich lieben.

Ihre Freundin
Christiane Vulpius

Weimar den 1 Feb.
[illegible]

Lieber Dokter

Daß es mit dem schreiben nit mer nach einer schönt
Gestalt ist. sehen Sie [illegible] daß ich mich
[illegible] zu [illegible] brauche [illegible]
[illegible] meine [illegible] ich [illegible]
[illegible]
Mann [illegible] schafft den ist es der Fall auch nicht aber
[illegible] gestern [illegible] ich [illegible] zu [illegible]
gekommen von diesem Herr [illegible]
ist Trost der Händen [illegible]
[illegible] worden. [illegible] ich
[illegible] schönen [illegible] werden nicht
als eine Dukaten [illegible] der [illegible]
Nacht dann ich in 14 Dagen [illegible]
[illegible] nach [illegible] und ich will
will Ihnen von mir [illegible] den [illegible]
und [illegible] Dank [illegible]
[illegible]
werde ich [illegible] nicht viele [illegible]

ich glaubte es nun besser auf geschrieben zu haben ich aber nicht gleich finden Sie werden Gelegenheit wohl noch nach haben wegen des Schrei- und Landschaften soll alles sobald gewiß be- besorgt werden und gleich sollen Sie Bescheid erhalten.

Nun aber auch ein Wort von Ihrer lieben Frau ich freue mich sehr daß Sie sich bey die- sen Umständen so wohl befindet und ich wünsche daß alles recht gut von Statten gehen mag und daß beyder Wunsch wegen des kleinen Sohn in Erfüllung gehen möchte Grüssen Sie Sie herzlich von mir und schreiben Sie mir ob Ja. gleich wie es Ihnen geht ob es ein Kind ist und ich wünsche daß Sie mir bey der Geburt anwenden behalten möchten so halt Sie nur wie das Kind so soll Sie Ihr nach Hühnchen brief schreiben. dann mi

einen Spieler sucht ob einer Schlächter auch wolle
ich hab ihn gar nicht spielen mit auch habe ich es besorgt
und sehe daß er es auch gut besorgen soll.

Leben Sie recht wohl und besuchen Sie recht
bald wieder wenn es sich können aber werden
Sie nicht wieder krank damit Sie Ihr Leiden
verbessern recht gut werden kann.

Ihr Freundin
L. d. Goethe

Wenn Sie die Güte haben wollen und mir
30 Pfund Butter besorgen wollen so
werden Sie mir ein großen Gefallen
thun Sie sollen auch als dann Ihren
bekommen.